Tywysog y Trenyrs

Pryderi Gwyn Jones

Gwasg Carreg Gwalch

Argraffiad cyntaf: 2021
Hawlfraint Pryderi Gwyn Jones

Rhif Llyfr Safonol Rhyngwladol:
ISBN elyfr: 978-1-84524-429-3
ISBN clawr meddal: 978-1-84527-826-7

CYNGOR LLYFRAU CYMRU

Cyhoeddwyd gyda chymorth Cyngor Llyfrau Cymru

Dylunio: Eleri Owen
Llun clawr a lluniau: Huw Richards

Cyhoeddwyd gan Wasg Carreg Gwalch,
12 Iard yr Orsaf, Llanrwst, Dyffryn Conwy, Cymru LL26 0EH.
Ffôn: 01492 642031
e-bost: llyfrau@carreg-gwalch.cymru
lle ar y we: www.carreg-gwalch.cymru

Argraffwyd a chyhoeddwyd yng Nghymru

TYWYSOG Y TRENYRS

I Non ac Efa

*Diolch i Myrddin, Llio, Anwen, Huw, Eryl Pencefn,
yr Arolygydd Ed Bates, Heddlu Dyfed Powys a Mam.*

Fy Nike Air Force 1s

Codais un o fy Nike Air Force 1s i fyny oddi ar lawr y llofft, a'i dal hi'n agos at fy nhrwyn. Roedd 'chydig bach o ogla newydd, syth allan o'r bocs, yn dal arni. Ro'n i'n falch achos ro'n i wedi'u cael nhw ers mis a mwy.

Ro'n i wrth fy modd efo fy Air Force 1s. O holl drenyrs Nike, yr Air Force 1s ydy'r rhai sy wedi gwerthu fwyaf erioed, meddan nhw. Roeddan nhw 'di costio dros ganpunt i Mam, ond llai na chan punt os ydach chi'n siarad efo Dad! Roeddan nhw'n mynd i orfod bod am fy nhraed i am hir. Yn hir iawn hefyd.

Gafaelais yn y trenyr efo fy nwy law ac ymestyn fy mreichiau o fy mlaen. Fel hyn dwi'n gafael mewn trenyr newydd sbon ar bnawn Sadwrn yn siop 'Sgidlocyr yn y dre. Sbio ar y trenyr o'r ochr i ddechra, yr ochr ar y tu allan. Gwyrdd tywyll ar hyd y blaen yn tywyllu'n raddol tuag at y cefn yn ddu tywyllach. Mor gytbwys. Mor *esthetig hyfryd*, fel fasa Miss Celf yn ei ddeud. Mor berffaith.

Darnau o ledr, o blastig ac o hud a lledrith wedi'u pwytho at ei gilydd i greu un o'r petha dwi'n hoffi fwyaf yn y byd. Trenyrs. Swoosh Nike du ar yr ochr tu mewn. Swoosh fel tic ar eich gwaith ysgol yn deud bod bob dim yn iawn. Marciau llawn!

Dwi'n troi'r trenyr yn ofalus i edrych ar y tu ôl. Y swoosh. Y tair llythyren enwog yn deud AIR. Y gair bach Nike. *Naic* mae pawb dwi'n nabod yn ddeud ond mae 'na rai pobol yn deud *Naici*.

Dwi'n troi'r trenyr ben i lawr rŵan i weld y gwadnau gwyn, tew, sy'n gwneud i chi deimlo'ch bod yn cerdded ar y cymylau. Bydd angen i fi lanhau rhain eto efo hen frwsh dannedd. Dau gylch perffaith, un ar flaen y wadn ac un ar y cefn a chylchoedd o'u hamgylch fel petai dwy garreg wedi cael eu taflu i bwll o ddŵr llonydd. Llinellau toredig reit rownd yr ymyl ond dotiau bach ar hyd yr ymyl blaen a'r cefn.

Troi'r trenyr y ffordd iawn rŵan i gael edrych i lawr arni. Careiau cryf. Llinellau glân, syml, hyfryd! Dylen nhw fod mewn bocs gwydr mewn amgueddfa. Paris, Milan, Efrog Newydd. Golau cryf oddi tanyn nhw i bawb allu eu gweld yn iawn!

Nike. Enw ma pawb wedi'i glywad. Un o fy hoff eiria yn y byd. Sŵn tawel i ddechra ond cic ar y diwedd. Lwcus mai dyna'r enw wnaeth bòs y cwmni ei ddewis. Ydach chi'n gwbod be oedd y ddau ddewis arall oedd gan y bòs cyn dewis Nike ar y munud olaf? *Falcon* neu *Dimension 6*!

Lwcus mai Nike ddewisodd o, ynde? 'Buddugoliaeth' mae Nike yn ei feddwl. Nike oedd duwies buddugoliaeth i'r Groegwyr erstalwm. Roedd dewis yr enw yna'n fuddugoliaeth hefyd!

Pymtheg a hanner

Mi fydda i'n hoffi trenyrs am byth. Un deg pump oed

ydw i rŵan ond weithia dwi'n meddwl amdanaf fy hun yn naw deg pump oed ac yn cerdded i lawr stryd efo ffon. Na! Dim ffôn! Naw deg pump oed ac am fy nhraed mae 'na bâr hyfryd o drenyrs coch neu felyn neu ryw liw arall llachar!

Pymtheg oed! Un deg chwech nesa! Ro'n i'n mynd i gael gadael yr ysgol cyn bo hir os o'n i isio, a chael pleidleisio. Cael rhoi fy llais mewn croes fach ar bapur.

Yn un deg chwech mi ga i ymuno efo'r fyddin ac ymladd dros fy ngwlad. Dyna ddwedodd Mr Foberts, yn yr ysgol. Priodi hefyd! Priodi Gwendoline! Neu Lowri! Efo caniatâd rhieni y ddau ohonan ni. Esgob! Faswn i byth yn gofyn ffasiwn beth i Dad a Mam chwaith. Mi fasa'r teimlad o gywilydd yn ormod! Mae pobol yn cael gwneud petha eraill hefyd ar ôl troi'n un deg chwech oed.

Gofyn i Whitney

Pnawn Gwener oedd hi. Ro'n i'n gorwedd yn fflatnar ar fy ngwely. Sbio fyny ro'n i ar sgwaryn o awyr las drwy'r ffenast yn y to. Ro'n i'n gweld llwybr gwyn awyren yn uchel i fyny yn yr awyr a dyma fi'n sbio ar fy ffôn i weld pa un oedd hi. Y84748 o Baris i Montreal. Hefyd yn yr awyr roedd y QR8139 o Maastricht i Chicago a'r AC855 o Lundain i Vancouver. Fyny fan'na yn bell uwch ben bob dim.

Ping

Ffôn yn crynu yn fy llaw. Neges arall gan Dyl. Recordiad arall. Clamp o rech hir. Pum eiliad o rech gan y sglyfath budr. Adeg y cloi mawr, y locdown, roedd hyn wedi dechra. Anfon synau rhech at ein gilydd.

Mae'n rhaid bo' ni 'di diflasu'n ofnadwy i ddechra gwneud rhwbath mor wirion. Roedd o'n ddoniol i ddechra ond roedd Dyl yn dal i'w hanfon nhw. Roedd hi'n amser iddo fo gallio rŵan, siŵr iawn.

Ping

BTN?

Dim byd, y mochyn budr!

Honna'n rhech a hanner! ☆ Rhai gwlyb yn para mwy! *Gym* **nos fory?**

Iawn.

Roedd Dyl isio ailddechra mynd i'r *gym* eto i godi pwysa. Roedd o 'di dewis gwneud Addysg Gorfforol TGAU ac roedd o isio bod yn gryf ac yn iach, medda fo. Ond ro'n i'n gwbod yn ddistaw bach mai isio bod yn solid oedd o ac isio edrych yn dda er mwyn gofyn i Whitney fynd allan efo fo.

Roedd hi, Whitney, flwyddyn yn iau na ni ac roedd Dyl wedi gwirioni efo hi. Gwallt hir du a Nike Pale Blue Renew Element 55 am ei thraed. Do'n i ddim yn rhy siŵr be oedd Whitney yn feddwl o Dyl, ond ella fod ganddo fo siawns hefyd. Fel fasa Dyl yn ei ddeud, "Gei di ddim byd heb drio, yr hen fêt!"

KO

Dwi'n mynd i'r *gym* weithia efo Dyl ond gwersi bocsio faswn i'n hoffi gael go iawn. Gwersi bocsio, nid i edrych yn dda nac i fod yn arbennig o gryf ond er mwyn rhoi cweir iawn i Lloyd. Lloyd ydy cariad Lisa, fy chwaer fawr. Mae Lloyd ddwy flynedd yn hŷn na Dyl a fi, ac ers iddo fo ddechra mynd allan efo Lisa mae o 'di bod yn rêl hen ddiawl.

Fe ddysgon ni yn y gwersi Hanes yn 'rysgol be oedd bod yn heddychwr. *Pacifist* yn Saesneg. Soniodd Miss am y Môr Tawel neu'r Pacific. Roedd hynny'n gliw da, medda hi, i ni drio deall be oedd heddychwr, yn enwedig yn Saesneg. Rhywun sydd ddim yn credu mewn brifo na lladd neb am ddim un rheswm yn y byd.

Soniodd Miss am Mahatma Gandhi o India a dyn o'r enw Waldo Williams o Gymru. Enw doniol! Be bynnag, pan ofynnodd Miss yn y wers wedyn pwy oedd yn meddwl ei fod o'n heddychwr, mi wnes i a Cerys Anna ac un neu ddau o bobol eraill roi ein dwylo i fyny. Roedd rhai o'r lleill yn credu yn y gosb eitha felly doeddan nhw ddim yn gallu deud eu bod nhw'n 'heddychwyr', sef mwy nag un 'heddychwr'.

Ond rŵan ro'n i'n teimlo'n ddauwynebog yn deud fy mod i isio rhoi cweir i Lloyd. Fedrwch chi ddim deud un peth a bod isio gwneud rhwbath arall, yn na fedrwch? Wel, be am fod yn heddychwr sy isio rhoi cweir i Lloyd er mwyn gwneud y byd yn lle gwell? Ia! Dyna ni!

Roedd Lloyd yn mynd allan efo Lisa ers tua blwyddyn a hanner – gormod o amser o lawer! Mae'n dod i'r tŷ yn dangos ei hun ac mae o'n ddigywilydd. "Helô, mwnci!" mae o'n ddeud wrtha i bob tro. Ac roedd o'n galw Mam a Dad wrth eu henwa cynta, Linda a Colin. "Diolch, Linda. *Chance* am banad arall? Dau siwgr, cofiwch!" pan oedd o 'di cael dwy banad yn barod, neu "Ia, 'na fo

Colin, edrycha i ar ei hôl hi!" wrth fynd drwy'r drws efo Lisa, a Dad heb ofyn dim byd iddo fo.

Roedd o'n gwneud rhyw betha bach dan din heb i Lisa fod yn gwbod dim.

Sôn am focsio. Mae yna glwb bocsio yn y dre. Clwb Dafi Dafis ydy o. Y boi 'na efo trwyn cam a bol cwrw erbyn hyn. Ond un tro, erstalwm, roedd o'n dena ac roedd o wedi cyrraedd *quarter* ffeinal y bocsio yn y Gemau Olympaidd. Roedd rhai pobol yn deud bod Dafi Dafis 'di cael ei gnocio yn ei ben unwaith yn ormod achos roedd o'n mynd rownd dre yn deud fel hyn, "Ydach chi'n gwbod pwy ydw i? Dafi Dafis ydw i, y bocsiwr enwog. Gewch *chi* brynu peint o lagyr i fi rŵan!"

Roedd 'na lot yn mynd i glwb Dafi Dafis isio bocsio go iawn, ond roedd 'na lot yn mynd hefyd i wneud ymarfer corff ac i beidio hitio neb. Efallai mai heddychwyr oedd rheiny! Ond un peth sy'n wir ydy bod yn rhaid i chi fod yn ffit ofnadwy i focsio.

Am ryw reswm, mae golwg y clwb bocsio o'r tu allan yn ddigon i fy nychryn i. Y sŵn gweiddi mawr a sŵn trenyrs yn gwichian ar y llawr pren sydd yn dod o 'na ar noson braf yn yr haf pan mae'r ffenestri i gyd ar agor a chitha'n cerdded heibio.

Yn fan'no, y lle bocsio yn y dre, roedd Conrad Tucker wedi bod yn dysgu sut i focsio. Hogyn drwg oedd Conrad Tucker, un o'r hogia 'na oedd yn methu eistedd yn llonydd. Roedd o fyny a lawr o hyd. Symud yn sydyn rownd y lle.

Doeddech chi byth yn gwbod be oedd Conrad yn mynd i'w wneud i chi yn y ciw cinio neu wrth i chi ei basio fo ar y coridor. Waldan ar gefn eich pen neu ddwrn ym mhwll eich stumog. Roedd pawb yn ei chael hi ganddo fo. Roedd o'n cadw pawb ar flaena eu traed o hyd. Poen go iawn!

Be bynnag, mi gafodd Conrad fynd i focsio, ac roedd o'n ymarfer yn galed ac yn cadw allan o drwbwl. Ond un diwrnod, reit ar ddiwedd amser cinio yn 'rysgol, mi aeth o'n rhy bell a rhoi cweir go iawn i Hughsie achos bod Hughsie wedi rhoi cweir iddo fo flwyddyn cynt. Be bynnag, mi gollodd Conrad ei leisans bocsio ar ôl hynna a doedd o ddim yn cael mynd yn agos at y clwb bocsio. Roedd Dafi Dafis yn gandryll efo fo hefyd. Gafodd o ei wahardd o'r ysgol a symudodd y teulu i fyw i rwla arall.

Conrad Tucker. *Conrad nytyr* oedd pobol yn ei alw fo'n ddistaw bach pan doedd o ddim o gwmpas y lle.

Golchi ceir

O'r diwedd ro'n i wedi cael job dydd Sadwrn. Nid hen job Lisa yn y caffi oedd hi ond job go iawn. Ro'n i wedi cael job yn golchi ceir efo Iosef ac Ezra yn yr hen garej gwerthu petrol yn y dre. Roedd y garej wedi cau rŵan a'r pympia petrol wedi mynd ond roedd y to uwch ben bob dim yn dal yna.

Dau frawd oedd Iosef ac Ezra. Doeddan nhw ddim yn deud dim llawer wrth neb achos doeddan nhw ddim yn medru! Ychydig iawn o Saesneg oedd ganddyn nhw a 'chydig iawn iawn o Gymraeg. Roedd Google Translate ar y ffôn yn help anhygoel i newid sŵn hollol annealladwy eu hiaith nhw – Eiffteg (*Egyptian*) – yn eiria ro'n i'n ddallt yn iawn yn Gymraeg! Ro'n i'n gallu eu helpu nhw efo'r iaith weithia ond gan fod pawb yn dod â'u ceir a'u Landrofyrs a'u petha i'r hen garej, dim ond pwyntio fyny oedd rhaid at yr arwydd mawr coch oedd yn deud fel hyn:

Superwash	–	Golchiad go iawn	£15
Midi wash	–	Golchiad go lew	£10
Quick wash	–	Llyfiad cath	£5

Dydw i ddim yn siŵr iawn a ydy'r geiria Cymraeg yn meddwl union yr un fath â be mae o'n ddeud yn Saesneg. Dwi ddim yn gwbod pwy wnaeth gyfieithu fo. Ond wnaeth Iosef ac Ezra erioed sôn dim byd am y peth.

Roedd 'na bob math o geir yn dod i gael eu glanhau a rhai pobol yn dŵad draw bob un bore dydd Sadwrn. Roedd y rhan fwyaf yn ista yn eu ceir ac yn aros ond roedd rhai'n picio i'r siop bapur ac yn gadael y car yna i gael ei olchi'n lân.

Un tro, daeth 'na ryw foi posh mewn Jaguar mawr gwyrdd draw, a hwnnw oedd yr unig un weles i oedd yn ddigon twp i drio agor drws ei gar pan roedd Iosef ar ganol ei olchi. Roedd siwt a thei y boi'n socian ar ôl y jetwash sebon. Mi gamodd y boi yn ôl i'r car yn reit sydyn a chau'r drws. Dyna lle roedd ei wraig o'n trio smwddio'i wallt o 'nôl i'w le a sythu'i dei o a ballu. Dim ond cario 'mlaen wnaeth Iosef heb ddeud dim, ond roedd yn rhaid imi fynd rownd y gornel i'r cefn achos 'mod i cymaint isio chwerthin.

Iawn, Gwendoline?!

Doedd Gwendoline ddim yn anfon cymaint o negeseuon ag oedd hi'n arfer gwneud. Doedd hi ddim yn gwenu cymaint rŵan chwaith. Clipiau fideos ohoni ei hun yn sgwrsio oedd hi'n anfon ac fel arfer roedd hi'n cerdded rownd y tŷ wrth siarad efo fi. Petha tebyg i hyn mae hi'n ei ddeud:

"Ti'n iawn heddiw? Dwi 'di bod yn gwneud cacen – sbia – ac wedyn dwi'n mynd â Jimbo am dro. Dim byd mwy cyffrous na hynna heddiw, sori!"

Ar y dechra, byddwn i'n gwrando ar y fideos bach o Gwendoline yn siarad efo fi drosodd a throsodd ac yn trio craffu i weld sut dŷ oedd ganddyn nhw! Roedd o'n edrych yn reit neis, be bynnag.

Roedd Gwendoline yn hwyl. Roedd hi'n ddel hefyd. Ro'n i'n ei hoffi hi'n ofnadwy ond y broblem oedd bod hi'n byw yn bell. Tua chwe deg milltir i ffwrdd. 'Chydig yn bell i fynd ar y beic a dod 'nôl yr un diwrnod.

Ro'n i wedi cael mynd efo Dad i fyny i Gonwy i weld Gwendoline ar dri dydd Sadwrn pan oedd o'n gweithio ar y melinau gwynt. Y rhai yn y môr. Awel y Môr. Mynd i gaffis a mynd i weld y trenyrs yn y siopa wnaethon ni. Mi aethon ni am dro ar hyd y pier hir yna hefyd yn Llandudno. A chusanu fel wnaethon ni yn Nuremberg. Doedd yna neb arall yna.

Do'n i heb ofyn i Gwendoline fynd allan efo fi a doedd hi heb ofyn i fi fynd allan efo hitha chwaith. Doedd yr un ohonan ni wedi deud y geiria 'mynd allan'. Felly do'n i ddim yn siŵr a oeddan ni'n mynd allan efo'n gilydd ta be. Ond roeddan ni wedi cael bod rownd Llandudno. Ac wedi cusanu ar y pier.

Roedd Gwendoline 'di bod lawr yn y dre yn fy ngweld i ddwywaith hefyd. Gawson ni ryw awran neu ddwy rownd y siopa ac yn y parc efo'n gilydd tra oedd mam Gwendoline yn gweld hen ffrind. Roedd pum mis ers Dolig a'r trip i Nuremberg. Ond stori arall ydy honno!

Rhwbio tatws yn y pridd

Pan godais i o'r gwely bore 'ma a sbio allan drwy ffenast llofft roedd Dad yn yr ardd gefn. Twtio 'chydig yn yr ardd roedd o, mae'n rhaid, medda fi wrtha i fy hun. Peth od! Dydy Dad byth efo mynadd i arddio, jyst torri'r lawnt. Ond gwyliais i o'n plygu ar ei gwrcwd ac yn edrych fel ei fod o'n rhwbio tatws yn y pridd lle roedd border blodau Mam. Yna mi roddodd Dad y tatws yn ôl yn y bag. Rhwbio tatws glân neis yn y pridd budur! Be ar y ddaear oedd o'n wneud?

Mynd i'r *gym*

"Iawn?" medda Dyl wrth gerdded draw at ddrws y ganolfan hamdden.

"Iawn?" medda fi.

Cerddon ni'n dau yn rêl bois at y ddesg i ddangos ein cardiau aelodaeth i Amanda.

"Helô hogia! Su'mai *erstalwm!*" medda hi, yn rhyw hanner gwenu, cystal â deud *lle ydach chi'ch dau 'di bod, y diawliaid diog?*

Roedd nos Wener yn amser da i fynd i'r *gym* achos doedd yr hogia codi pwysa bob nos ddim yn mynd i'r *gym* ar nos Wener. Roeddan nhw'n mynd allan i hel diod ar nos Wener.

Roeddan nhw'n gwisgo topia rhy fach iddyn nhw er mwyn cael dangos eu mysls mawr i bawb oedd allan yn y dre. Y robins goch oedd Dyl yn eu galw nhw achos bod ganddyn nhw frestiau mawr mawr a choesa tena tena. Fel robin goch, 'de!

"Dwi am g'nesu ar y beic i ddechra," medda Dyl. "Wedyn dwi am bwmpio haearn!"

"Dwi am redeg," medda finna. "Hanner munud cyflym wedyn hanner munud ara deg, fel dangosodd Jennifer i ni o'r blaen."

"Be? Mond am funud a tri deg eiliad ti am redeg?"

"Naci siŵr, y clown! Ga i weld sut eith hi, 'de. Deg munud falla!"

Ar ôl pum munud ro'n i'n hanner marw ond ddim isio dangos hynny i Dyl a'r ddwy ferch oedd newydd ddod i mewn i'r *gym* yn eu lycras bob lliw a'u trenyrs Asics oedd yn edrych yn newydd sbon. Whiw!

Mi wnes i bara saith munud ar y peiriant rhedeg ac wedyn cerdded yn gyflym am y tri munud arall, i wneud o'n ddeg munud.

Daeth Dyl ata i a deud yn ddistaw, "Ti'n derio fi i ddeud 'nais as-ics' wrth honna?"

"Na! Paid!" medda fi, ond i ffwrdd â fo tuag ati.

"Helô!" medda Dyl wrth y ferch smart mewn trenyrs a mynd i ista ar y beic wrth ei hochor hi. Wnaeth y ferch smart ddim ateb.

"Ti'n dod yma yn amal?" gofynnodd o. Hen linell ydy honna, Dyl! Wnaeth hi ddim deud dim byd eto chwaith, jyst sbio syth o'i blaen ar y wal.

"T'isio ras?" medda Dyl wedyn. O mam bach! Doedd y ferch dal ddim yn ei ateb ac roedd Dyl yn gandryll rŵan. Roedd hi wedi'i anwybyddu fo dair gwaith.

Mi ddaeth Dyl oddi ar y beic yn flin i gyd a cherdded yn sydyn at y lle codi pwysa.

"Hen snoban!" medda fo wrtha i a gwneud llygaid dros ei ysgwydd.

"Doedd hi ddim isio siarad efo rhwbath hyll fel ti, siŵr iawn!" medda fi.

Fel arfer, fasa Dyl yn ateb yn ôl yn syth a deud rhwbath clyfar ond wnaeth o ddim tro yma, jyst sbio ar ei draed ac edrych yn siomedig wnaeth o.

"Dyl!" medda fi. "Doedd hi ddim yn dy glywad di!"

"Be?" gofynnodd Dyl, a neidio fyny'n sydyn i sbio dros y peth codi pwysa i weld bod gan y ferch smart 'na *airpods* yn ei chlustiau. Roedd ei gwallt hi'n eu cuddio nhw.

"O! O'n i'n meddwl 'mod i 'di colli'n *touch* am funud."

"Ha! Pa *touch*!" medda fi cyn dechra cyfri i lawr o ddeg i Dyl godi pwysa ac wedyn newid lle efo fo, fel roeddan ni'n arfer ei wneud cyn i ni stopio mynd i'r *gym*.

Roedd Dyl yn gwenu eto, diolch byth.

Lle mae dy ffôn di?

Bore wedyn ro'n i'n cerdded rownd y tŷ fel hen ddyn. Ro'n i wedi gor-wneud petha yn y *gym* y noson gynt.

"Be sy'n bod efo ti?" medda Mam wrth edrych arna i'n llusgo fy hun at y bwrdd brecwast ac yn dal fy nghefn fel hen gant cyn ista i lawr ar y gadair.

"*Gym*. Neithiwr," medda fi.

Cododd Dad ei drwyn o'i ffôn. "Mae'n amser i ti symud mwy yn lle bo ti'n cyffio fel yna. Pan o'n i dy oed di o'n i'n labro efo Yncl Roy drwy'r wsnos ac yn chwarae rygbi ar ddydd Sadwrn. Do'n *i* ddim yn symud rownd y lle fel *geriatric*!"

"Be oeddat ti'n wneud ar ddydd Sul? Gwneud Triathlons ia?" gofynnais.

"Paid â bod yn ddigywilydd! Fel arfer roeddan ni'n mynd am dro, doeddan Linda!" medda fo wrth Mam.

"Oeddan tad!" medda Mam.

Un dydd Sadwrn ym mhob tri roedd Dad yn gweithio ar y melinau gwynt. Ro'n i'n falch bod o'n cael heddiw i ffwrdd ond roedd y tŷ yn lle brafiach rywsut pan oedd o yn y gwaith. Faswn i byth yn deud hynny wrtho fo, ond ro'n i'n cael mwy o lonydd pan doedd o ddim o gwmpas.

"Be ti'n wneud heddiw 'ta, mwsh?" gofynnodd o i mi.

"Golchi ceir tan amser cinio. Gwneud gwaith Hanes, a dechra'r gwaith Saesneg sy fod mewn dydd Llun!" medda fi.

Ond, yr ateb go iawn oedd … *golchi ceir wedyn mynd i dre efo Dyl i edrych ar drenyrs a bwyta sosej rôls. Wedyn mynd i weld Lowri a falle mynd i'r hot tyb newydd. Wedyn, wastio llwyth o amser yn sbio ar fy ffôn.*

Ond fasa Dad ddim yn hoffi'r ateb yna, siŵr iawn.

Ceir yn sgleinio

Pan gyrhaeddes i'r hen garej roedd Iosef wedi agor y lle ac wedi rhoi'r arwydd golau coch 'mlaen i fflachio. *Posh Car Wash* oedd o'n ddeud. Roedd y gola'n mynd 'mlaen am ddwy eiliad, wedyn ffwrdd am ddwy eiliad a 'mlaen am ddwy eiliad eto.

Fy job gynta i ar fore dydd Sadwrn ydy rhoi jetwash sydyn i'r llawr a rhoi 'chydig o sebon fel bod y concrit yn sgleinio ac yn edrych yn lân. Wedyn, dwi'n mynd i lenwi tua deg o fwcedi hanner dŵr oer a hanner dŵr poeth a rhoi cadach newydd sbon ym mhob bwced. Weithia ma nhw'n gofyn i fi lanhau'r ffenestri blaen mawr hefyd.

Os nad oes 'na gar yn dod am dipyn i gael ei olchi mi rydan ni'n tri'n mynd i ista tu mewn ar y stolion bach ac ma nhw'n gwrando ar radio yn eu hiaith nhw eu hunain. Dwi ddim yn dallt dim un gair. Gymeres i 'chydig o amser i arfer efo'r te a siwgr mewn cwpan clir. Blas bloda.

Does ganddyn nhw ddim byd ar y wal heblaw am

groes bren a 'chydig o luniau wedi pylu o bobol ma nhw'n nabod. Does neb yn gwenu yn y llunia heblaw am un llun lle mae 'na fachgen yn gafael mewn gafr fach efo clustia mawr llipa fel wnes i weld yn sioe y Royal Welsh un tro. Mi wnes i swnian ar Dad a Mam yr holl ffordd adra achos 'mod i isio gafr fel yna.

"ElosudachiByt?" medda Iosef mewn un gair a chwerthin dros y lle.

"Iawn diolch!" medda finna a gwenu wrth ei basio a mynd i roi fy nghôt ar y peg tu mewn.

"Iawn! Iawn! Iawnnnn!" medda Ezra dros y lle a'i ddannedd gwyn i'w gweld yn glir. Roedd o wrthi'n gwneud tair panad o de.

Fasa 'na lot o bobol ddim yn meddwl bod golchi ceir yn joban dda ond hon ydy'r joban ora dwi 'rioed 'di gael. Wel, dwi ddim 'di cael job arall, yn naddo! Dwi'n cael hwyl efo'r ddau arall ac mae 'na fiwsig yn chwarae a dwi'n cael £4 yr awr a tips da weithia.

Gweithio mewn caffi?! Dim diolch! Mae Iosef ac Ezra wrth eu bodda, yn enwedig pan mae hi'n gynnes. Pan mae hi'n oer mae'r ddau yn gwisgo tua tair côt, yn lapio eu hunain fel dau nionyn ac yn chwythu ar eu dwylo o hyd.

Ar ôl bod yn y gwaith a chael bore bach reit brysur yn llenwi bwcedi ac yn helpu i sychu ceir ar ôl i'r ddau arall eu golchi nhw, mi ges i fy £12 a thair punt o tip. Wedyn, es i adra i newid er mwyn mynd i gyfarfod Dyl yn y dre.

Adidas Spezial du a choch

Ro'n i'n teimlo'n rêl boi wrth gau drws ffrynt a swagro

lawr y lôn yn fy jîns glas a fy nghrys melyn Brasil. Am fy nhraed roedd yr adidas Spezial du a choch ro'n i 'di gael yn Nuremberg. Roeddan nhw gen i ers sbel, ac er eu bod nhw'n drewi tu mewn roeddan nhw dal i edrych yn dda o'r tu allan.

Trenyrs dydd Sadwrn oedd y rhain. Air Force 1s oedd y trenyrs yn ystod yr wythnos. Ro'n i'n edrych ar eu hola nhw ac yn eu llnau nhw efo hen frwsh dannedd. Ro'n i'n rhoi 'chydig o bolish du ar eu blaena nhw bob hyn a hyn. Am yr adidas Spezial yr ydw i'n sôn rŵan.

Mae Dyl yn licio bod ar amser bob tro ac mae o wastad yna o fy mlaen i, dim ots lle ydan ni'n cyfarfod. Un diwrnod dwi am fynd i rwla lot cynt fel bo' fi yna gynta! Mi es i mewn i Coffi-r-us a mynd i ista at Dyl wrth y bwrdd cornel. Yr un wrth y ffenast.

"Iawn, yr hen fêt?" medda Dyl wrth y 'ngweld i'n ista lawr.

"Iawn, Dyl," medda finna.

"Brysur bore 'ma?"

"Oedd 'sdi. Y ceir sy'n arfer dod bob un bore dydd Sadwrn a dipyn o bobol oedd yn pasio heibio hefyd."

"Tips?"

"Do! £3!" medda fi.

"A tair awr o waith sydd yn ... £15," medda Dyl.

"Ia, £15 punt i gyd," medda fi. "Mi dala i am hwn heddiw."

"Iawn!" medda Dyl. "Ond dy dro di ydy talu heddiw beth bynnag. Ti'n cofio?"

"Yndw, Yndw!" medda fi. Roedd Dyl yn cofio bob dim. Ond fo oedd yn iawn – fo dalodd tro dwetha.

Sosej rôls 'dan ni'n licio yn Coffi-r-us. Ma nhw'n neis

ofnadwy ac rydan ni'n cael dwy o rai mawr bob un efo sos coch. A gwydryn mawr o laeth oer, oer, i gael digon o galsiwm, 'de.

"'Sgidlocyr gynta, lle wedyn?" gofynnodd Dyl.

"Dwn i'm. 'Sgidlocyr. Wedyn ... 'Sgidlocyr ia?!" medda fi.

Dydan ni ddim yn mynd i lawer o lefydd eraill yn y dre heblaw am yr arcêd ond 'dan ni'n wastio lot o bres bob tro 'dan ni'n mynd i fan'no a dod allan heb ddim byd i'w ddangos i neb. Dim byd ond gwên os ydw i wedi curo Dyl ar yr *air* hoci neu 'Raw Thrills Fast and Furious'.

Ar ôl sglaffio bob dim mi dalais i'r bil ac aethon ni'n dau heb ddeud dim byd am y siop trenyrs ora yn y dre, 'Sgidlocyr. Dau hogyn pymtheg oed yn cael eu tynnu ar hyd y stryd gan fagned mawr cryf adidas a Puma a Nike a Converse a Vans a'r holl fêcs arall sydd i'w cael y dyddia 'ma.

Mi sleidiodd y drysa ar agor wrth i ni gamu mewn ac mi welish i gip sydyn o gefnau Dyl a finna mewn du a gwyn ar y teledu uwch ein penna. Mae Dyl dipyn bach talach na fi, ond mae o rhyw chwe mis yn hŷn na fi ac felly wedi cael chwe mis mwy na fi i dyfu. Mi ddalia i fyny efo fo, gobeithio.

Mi ddechreuodd fy nghalon i guro'n gynt wrth i fi nesu at y wal ora yn y byd, wal y trenyrs. Oes yna unrhyw wal arall yn y byd yr ydach chi'n gallu'i harogli hi wrth fynd yn nes ac yn nes tuag ati? Ogla newydd sbon. Ogla lledr, plastig, defnydd, careiau a'r papur llwyd yna y tu mewn i'r trenyrs. Yr ogla gora yn y byd i gyd.

"Sbia, ma'r rhain yn newydd!" medda Dyl, yn estyn i fyny am bâr o drenyrs Nike. Pegasus Trail 2 oeddan nhw. Gwaelod brown, top gwyrdd gola a'r swoosh yn ddu.

"Neis!" medda fi. "Ond rhai rhedeg go iawn ydy rheina 'de."

"Ia," medda Dyl, "sbia ysgafn ydyn nhw! Rhain hefyd ..." medda fo am bâr o drenyrs tebyg ond efo cefn glas. Nike Trail Wildhorse 6 oedd rheiny. Roedd yna Pegasus Trail 2 Volt Black Baroque yna hefyd, ond y rhai oedd Dyl yn licio ora oedd y Nike air Zoom Pegasus 36 Philadelphia Eagles gwyrdd tywyll a du fel llyn budur.

"Su'mai, hogia!" medda llais y tu ôl i ni. Dave oedd yna, yn ei grys streips du a gwyn a sbectols fel rhywun clyfar ar ei drwyn. Mae o 'di dechra gweithio yn 'Sgidlocyr ers 'chydig wythnosa. Dave gafodd y job ar ôl i'r boi arall hwnnw oedd yn dangos ei hun gael y sac. Sac am fod ar ei ffôn rownd y rîl yn lle helpu pobol yn y siop.

"Su'mai!" medda Dyl a finna efo'n gilydd a throi rownd i weld Dave am eiliad fach.

"Dach chi 'di cael lot o rai newydd!" medda Dyl.

"Do tad!" medda Dave. "A gin i rwbath sbesial i ddangos i chi heddiw 'ma!"

'Dan ni'n licio Dave achos mae o, fel ni, yn hoffi trenyrs yn ofnadwy. Mae o'n rhedeg hefyd ac yn dena fel brwynan, felly pan mae o'n siarad am drenyrs mae o'n gwbod am be mae o'n sôn. Mae o'n dallt y dalltings.

Mae'n siŵr fod Dave yn meddwl bod Dyl a finna yn rhedwrs mawr hefyd ond tydan ni ddim, deud y gwir. Dim ond licio trenyrs ydan ni, siŵr iawn. Sbio arnyn nhw 'dan ni, nid rhedeg ynddyn nhw!

"Sbïwch!" medda Dave, yn dal trenyr wen Nike Air Zoom Pegasus 37 yn ei freichia yn ofalus ofalus, yn union fel tasa fo'n dal babi bach. Ro'n i wedi clywad am y rhain ar y we. Roedd y rhain yn fersiwn newydd o'r Pegasus 37. Gwyn i gyd, llinell goch yn graddol droi'n biws ar hyd y gwaelod, y swoosh yn mynd reit i lawr yr ochr a thros y top, ond y peth mwyaf anhygoel oedd ...

"Ma'r rhain yn wahanol hogia," medda Dave, "achos mae 'na *air pods* ym mlaen rhain hefyd, nid dim ond yn y cefn ..."

"Iesgob!" medda Dyl a finna efo'n gilydd.

"A hefyd," medda Dave, "mae 'na *foam* ZoomX a phlât carbon ffeibr o danyn nhw!"

"Iesgob!" medda Dyl a finna eto.

"Mi fasach chi'n ennill bob ras yn 'rysgol yn rhain!" medda Dave. "Fasa 'na neb yn eich dal chi!" medda fo wedyn, a chwerthin a mynd ymlaen i ddeud, "Mi fasa'r peth *bleep test* yn chwythu fyny os basach chi'n gwisgo rhein, hogia!"

Mi ddaeth 'na ryw ddynes i mewn i'r siop a sefyll wrth y til, felly rhoddodd Dave y trenyr newydd 'nôl ar y silff a mynd ati hi.

"Faswn i byth yn prynu rhain," medda Dyl.

"Na finna," medda fi. "Lliw gwyn, coch a phiws!"

"Ia! Ac os basat ti'n cicio pêl ynddyn nhw mi fasat ti'n brifo bawd dy droed, siŵr iawn. Sbia tena ydyn nhw!"

"Ia!" medda fi. "Mi fasa blaentroedar yn brifo!"

"Ti fasa'r cynta i gyrraedd y bêl ond ar ôl cyrraedd fasat ti'n methu cicio'r bêl!" medda Dyl. "Mi fasa fel chwarae ffwtbol yn dy slipars, yr hen fêt!"

"Faint ydy nhw, dwad?" gofynnais.

"£104.95," medda Dyl.

"Drud! Mi fasa hynna'n tua saith neu wyth bore Sadwrn yn golchi ceir i fi ..."

"Ac yn tua dau ddeg rownd bapur i finna!" medda Dyl.

Mi dreulion ni dipyn o amser wedyn yn llygadu be arall oedd yna, yn bodio ac yn arogli holl drenyrs newydd adidas a Reebok a Puma.

"Dwi ar fy mhen fy hun yma heddiw," medda Dave. "Jen wedi ffonio, deud bod hi'n sâl. Dudwch os dach chi isio trio rhwbath."

A dyma fo'n mynd yn ôl at y til i siarad efo rhyw fam a mab bach oedd 'di dod i chwilio am grys Cymru yn bresant pen-blwydd.

Roedd Dave yn reit brysur ond wrth i Dyl a finna gerdded allan o'r siop dyma fo'n dod ar ein hola ni efo darn o bapur sgleiniog bob un i ni.

"Cymwch olwg ar hwn, hogia!" medda fo.

"Diolch," medda ni'n dau wrth i'r drysa sleidio ar agor i ni gael mynd 'nôl allan i'r byd go iawn.

Stopiodd Dyl gerdded er mwyn sbio ar y papur roedd Dave 'di'i roi i ni. Mi wnes inna yr un fath.

"Ma hwn jyst y peth i ti, BYT!" medda fo wrtha i, yn pwyntio'i fys ata i ac yn ei ddal o yna am yn hir.

"Be ti'n feddwl?" medda fi.

"Darllena hwnna. Nike. Oregon. Cystadleuaeth gwneud trenyrs!"

"Gwneud trenyrs?" medda fi'n syn.

"Ia! Wel ... cynllunio trenyrs. I bobol 16 neu iau. Ti'n iawn o ran oedran."

"Pryd mae'r dyddiad cau?" medda fi, yn methu gweld dim byd yn iawn achos bod fy mhen i'n troi a'r print yn fân, fân.

"Mehefin 20," medda Dyl. Sut oedd o'n gallu gweld bob dim yn syth bin fel yna?

"Dau fis, felly!" medda finna.

"Cer amdani!" medda Dyl. "Ti ydy Brenin y Trenyrs 'de! Felly dangos i bawb be ti'n gallu'i wneud!"

"Be 'di'r wobr?" gofynnais.

"Ma'n deud reit ar y top – sbia! Cael y pâr wyt ti wedi'u cynllunio wedi'u gwneud yn sbesial i ti yn Oregon! A job yna hefyd! Job efo Nike yn America! Waw, gwobr a hanner!"

"Fasa'n well na golchi ceir!"

"Fasa'n well na rownd bapur hefyd!"

"Cŵl," medda fi, yn dechra meddwl am syniada yn syth bin. "Cŵl iawn, Dyl!"

Crynodd y ffôn yn fy mhocad. Lowri oedd yna.

Ti'n dod draw? I'r twb?

Geith Dyl ddod hefyd?

Iawn. Ma Siân yma efo fi! Www!

Ies! Roedd y dydd Sadwrn yma yn mynd yn well bob munud!

Bybls

Mi aeth Dyl a finna adra fel siot i nôl ein tronsys nofio. Mr Eds yn 'rysgol gynradd oedd yn galw tryncs yn hynna a 'dan ni'n dal yn deud hynna heddiw!

Ro'n i a Lowri yn ôl yn ffrindia rŵan. Roedd amser

wedi gwella petha ar ôl yr hen helynt hwnnw dros flwyddyn yn ôl.

Er hynny, doedd petha'n dal ddim yn union yr un fath ag yr oeddan nhw cynt. Doeddan ni ddim yn dal llaw nac yn cusanu rŵan.

Cnocion ni ar ddrws ffrynt tŷ Lowri a daeth ei mam i agor y drws.

"Helô, hogia!" medda hi, efo gwên ddireidus, rywsut, ar ei hwynab. "Sut ydach chi'ch dau?"

Mae hi'n glên ofnadwy efo ni ers i ni helpu Lowri erstalwm.

"Reit dda, diolch," medda Dyl. "Edrych ymlaen i neidio i'r twb newydd 'ma! Dydw i heb gael bath ers dau fis!"

"A finna!" medda fi wrth gerdded drwy'r tŷ ac allan i'r ardd gefn at y twb.

"Duwcs! Lle ma Lowri a Siân 'ta?" medda fi wrth Dyl, gan sbio draw ar y twb oedd yn fybls gwyn i gyd. Swigod mawr yn ffrwtian fel sosban fasa Miss Elias Cymraeg yn ei ddeud.

"Dwn i'm! Ty'd! Gawn ni'r twb i gyd i ni'n hunan!" medda Dyl wrth dynnu'i drenyrs heb agor y careia, ac agor belt ei drowsus ar yr un pryd.

"Ia, grêt!" medda fi, yn tynnu fy nghrys Brasil a chicio'r adidas Spezial oddi ar fy nhraed, yn sbio 'mlaen yn ofnadwy i fynd i mewn i'r dŵr cynnes, braf. Roedd hi 'chydig bach yn oer tu allan heb grys.

Ond yr eiliad honno daeth 'na sŵn mawr, gweiddi a chwerthin a sgrechian o'r twb! Roedd Lowri a Siân 'di bod yn dal eu gwynt o dan y dŵr ac wedyn 'di neidio i fyny i'n dychryn ni'n dau!

"Y diawlad!" medda Dyl wrth chwerthin.

"Iesgob! Ges i fraw yn fan'na!" medda finna, tra oedd y merched yn dal i chwerthin dros y lle, a'r dŵr yn gwneud iddyn nhw sgleinio i gyd. Roedd Mam Lowri yn nrws y patio yn ei dyblau yn chwerthin hefyd.

"Dalwn ni chi 'nôl am hyn!" medda Dyl, yn methu credu'i fod wedi bod mor ddwl.

"Rhyw dro pan fyddwch chi ddim yn disgwyl!" medda finna yn gwenu, a dŵr cynnes, braf yn cosi fy ngên i.

Ar ôl i bawb stopio chwerthin daeth Mam Lowri â lemonêd i ni mewn gwydrau ffansi, a dyna lle'r oeddan ni'n pedwar yn smalio yfed siampên ac yn tynnu lluniau ... tan i Siân ollwng ei ffôn i mewn i'r twb! Wps. Mi dynnodd o allan yn ddigon sydyn ac roedd o dal yn gweithio! Anodd credu!

Mewn 'chydig, aeth pawb yn dawel a dyma Lowri'n cofio rhwbath yn sydyn ac yn deud fel hyn,

"Bydd raid i chdi drio!" medda hi. "Y gystadleuaeth Nike 'na! Gofynna i Miss Celf am help dydd Llun. Meddylia cŵl 'sa chdi'n ennill!" medda hi.

Roedd Lowri a Siân a'i mam 'di bod yn siarad am y peth a phawb isio i mi gystadlu. Felly, roeddan nhw wedi clywad am y gystadleuaeth Nike 'ma hefyd.

Cynllunio fy nhrenyrs fy hun.

O na! Be nesa?!

Dydd Sul

Roedd Lisa fy chwaer mewn hwyliau drwg iawn amser cinio dydd Sul. Daeth hi lawr i gael cinio tatws a phys a grefi a chig 'di rhostio. Roedd Mam wedi mynd i draffarth. Ond be wnaeth Lisa oedd rhoi bwyd ar ei phlât, bob dim ond am y cig, siŵr iawn, codi ei phlât a cherdded o'r gegin ...

"Lle ti'n mynd?" medda Dad.

"'Nôl i fy llofft!" medda Lisa.

"Os ti'n bwyta yn y tŷ yma ti'n bwyta wrth y bwrdd," medda Dad, "yn enwedig dydd Sul."

Ping Ping Ping medda ffôn Lisa, wrth iddi wneud ei hwyneb pwdu ac ista wrth y bwrdd.

"A dyro'r ffôn 'na ffwr, bendith y nefoedd i ti!" medda Dad wedyn.

Dwi'n cael lot mwy o fwyd ers pan ma Lisa ddim ond yn bwyta llysiau. Wel, lot mwy o gig, beth bynnag. Mae Mam yn poeni amdani ac yn holi am ryw dabledi haearn a ballu sydd yn gwneud i Lisa fynd yn fwy blin fyth.

"Pam na wnewch chi jyst gadael llonydd i fi?" mae hi'n ddeud o hyd, a Mam gan amlaf yn ateb fel hyn,

"Achos bo' ni'n poeni amdanat ti, siŵr iawn."

"Ia!" medda Dad. "Dwi 'di codi'n nos am ddwy flynadd i roi llaeth i chdi a newid dy glytia di, felly pan ti'n ddigon hen i edrych ar ôl dy hun dwi isio i chdi edrych ar ôl dy hun yn iawn! Iawn?"

Dwi ddim yn meddwl mai dyna ydy'r peth gora i'w ddeud wrth Lisa. Ond mae Dad a Mam yn trio eu gora ac mae hi'n anodd iawn gwbod be i ddeud wrthi hi. Mae pob dim yn swnio'n anghywir, rywsut, pan ma nhw'n siarad efo hi. Mae hi'n 19 oed ac falle bod hi jyst yn amser iddi symud ymlaen a chael lle bach iddi hi ei hun. Lle. Dyna be mae hi angen.

Roedd hi fod i fynd i coleg ar ôl bod ym Mlwyddyn 12 ac 13 yn 'rysgol. Roedd hi wedi cael lle yn y coleg i ddysgu sut i fod yn nyrs. Ond, munud ola, mi newidiodd ei meddwl a deud bod hi isio cymryd blwyddyn allan cyn mynd i'r coleg.

Ges i dipyn o siom bod hi heb fynd i'r coleg. Roedd gen i blaniau mawr am greu *gym* yn ei llofft hi ar ôl iddi adael, ond rŵan, roedd y planiau mawr yn rhacs jibidêrs. Wel, am flwyddyn beth bynnag. Dwi'n dal yn codi pwysa yn fy llofft ond does yna ddim llawer o le yna.

Pnawn dydd Sul

Roedd gen i waith cartra i'w wneud. Dau beth. Saesneg a Hanes. Roedd yn well imi wneud joban go lew ohonyn nhw hefyd, yn enwedig yr Hanes achos roedd Miss wedi deud bod yn rhaid i bawb ei wneud o eto os nad oedd o'n ddigon da y tro cynta. Y Rhyfel Oer amdani, felly, drwy pnawn dydd Sul.

Ond do'n i ddim yn medru canolbwyntio ar argyfwng Cuba pan fuodd bron i'r byd gael ei chwythu fyny ... na dim byd arall chwaith. Roedd gen i rwbath arall ar fy meddwl. Y peth ar fy meddwl i oedd y gystadleuaeth Nike 'ma.

Byth ers i ni gael papur y gystadleuaeth yn 'Sgidlocyr, a Dyl a Lowri'n deud bod yn rhaid imi drio, do'n i ddim yn medru anghofio'r peth. Roedd eu lleisiau nhw'n mynd rownd a rownd yn fy mhen i'n deud "Tyrd 'ta! Ti ydi Brenin y Trenyrs! Cynllunia rai dy hun. Job efo Nike yn Oregon ... Bla di bla di bla ..."

O diar! Licio sbio ar drenyrs ydw i a chael posteri a ballu. Dwi 'rioed 'di meddwl cynllunio rhai fy hun! Roedd y gystadleuaeth 'ma wedi swnio fel syniad da i ddechra ond rŵan roedd yr holl beth wedi dechra mynd i deimlo fel straen! A do'n i heb ddechra tynnu llunia na dim byd!

Dyl. Lowri. Mam Lowri. Roedd pobol yn disgwyl petha mawr gen i. Roedd pawb yn disgwyl i mi ennill! Dwi'n licio bod pobol yn meddwl mai fi ydy Brenin y Trenyrs, ond roedd yr holl fusnes 'ma'n dechra troi'n broblem rŵan. Beth os baswn i ddim yn gallu meddwl am ddim byd?

Dydd Llun

Ro'n i dal yn meddwl am gael job yn Oregon ar y ffordd i'r ysgol bore dydd Llun ac yn trio edrych ar fy ffôn i weld ble mae Oregon! Yn y gwasanaeth roedd Mr Foberts, pennaeth Blwyddyn 11, yn siarad am ba mor bwysig oedd gwneud eich gora glas ym mhob dim. Cymryd pob cyfle. Dal ati. Petha fel yna. Roedd rhywun 'di deud wrth Elvis fod o'n methu canu ond wnaeth o ddal ati. Roedd rhywun 'di deud wrth Shane Williams bod o'n rhy fach i chwarae rygbi ond wnaeth o ddal ati hefyd. Dwi'n deall be ma Mr Foberts yn ei feddwl ond ma hi'n reit anodd gwneud eich gora glas ym mhob un dim. Ma'n iawn os mai chi ydy Superman!

Be bynnag, mi ges i'r neges! Y neges i gario 'mlaen i drio efo fy ngwaith ysgol. Roedd yn rhaid imi wneud neu mi fasa Dad a Mam yn fy lladd i os baswn i'n diogi. Ond ro'n i am drio efo'r gystadleuaeth Nike Oregon 'ma hefyd.

"Miss!" medda fi wrth Miss Celf yn y wers Gelf.

"Ia BYT?" medda hi.

"Ga i siarad efo chi am rwbath plis?"

"Cei siŵr," medda hi. "Isio help efo'r gwaith cwrs 'na wyt ti? Gawn ni olwg arno fo rŵan."

"Wel ... ia ... ond ... naci ... dim hwnnw, Miss, rhwbath arall. Dim byd i'w wneud efo gwaith ysgol, deud y gwir. Isio trio'r gystadleuaeth 'ma dwi."

Mi wnes i ddangos y papur iddi hi a dyma hi'n codi ei sbectol oddi ar dop ei phen a'i rhoi hi ar ei thrwyn. Cymrodd olwg sydyn arno fo a dyma hi'n deud fel hyn ...

"Ti a dy drenyrs!"

Wedyn, dyma hi'n gwenu ac ar ôl darllen drwy'r daflen, dyma hi'n deud,

"Dyma gyfle da iawn i ti! Mi fedri di ddefnyddio hyn ar gyfer Uned 3 hefyd, yr uned ddylunio. Oes gynnot ti syniada? Ti 'di dechra sgetsio?"

"Wel … ym … dim eto, Miss!" medda fi.

"Wel, dechreua di feddwl, boi," medda hi, "ac mi gawn ni weld sut ma petha'n siapio. Ond cofia, mae'n bwysig dy fod di'n gweithio ar yr ail Uned 'ma hefyd i ti gael gradd dda yn honno, fel gest ti yn yr uned gynta. Gei di ddefnyddio Photoshop i wneud dy waith di edrych yn broffesiynol!"

"Diolch, Miss!" medda fi, yn dallt be roedd hi'n ddeud. Dallt beth oedd yna rhwng y llinellau! Roedd hi isio i mi orffen be ro'n i'n wneud gynta cyn dechra meddwl am gynllunio trenyrs i'r gystadleuaeth! Digon teg, ma'n siŵr! Mi fasa hi wedi gallu deud wrtha i am anghofio am gystadleuaeth Nike a chanolbwyntio ar fy ngwaith ysgol. Chwarae teg i Miss, wnaeth hi ddim deud hynny.

Amser *bolognese* a pasta fel rybyr

Ar ôl *bolognese* a pasta fel rybyr i ginio mi ddwedodd Dyl ei fod o isio dangos rhwbath i mi ar ei ffôn. Roedd hynna'n golygu bod yn rhaid i ni fynd i ben pella'r cae lle roeddan ni 'di ffendio y 4G gora. Doedd yr athrawon ddim yn gallu ein gweld ni'n dda iawn chwaith, a doedd y ddynes ginio ddim yn poeni taten cyn belled â'n bod ni'n weddol dawel a ddim yn achosi trwbwl.

"Be sgin ti i ddangos rŵan 'ta?" medda fi wrth Dyl,

tra oeddan ni'n cerdded hyd y cae ac yn gwatsiad rhag ofn i ni gael ein taro gan un o'r peli oedd yn fflio drwy'r awyr ym mhob man.

"Gei di weld!" medda Dyl yn gwenu fel giât ac yn gwneud yr wyneb 'na sy'n dangos ei fod o'n hapus iawn efo fo'i hun.

Dwi'n nabod Dyl ers blynyddoedd. Roeddan ni yn 'rysgol fach efo'n gilydd. Dwi'n ei nabod o'n ddigon da i wbod fod yr wyneb yna, yr wyneb hapus efo fo'i hun, yn meddwl fod yna rwbath dwl iawn ar ei ffordd. Dyna'r wyneb wnaeth o pan gafodd o'r syniad o gadw pres cinio a gwneud brechdan slei adra i ni fwyta amser cinio. A hel lot o bres i brynu adidas ZX100000.

"Be rŵan 'to?" medda fi.

Mi gyrhaeddon ni wrth ymyl y goeden lle roedd y 4G yn gweithio ora ac roedd yna griw o ferched Blwyddyn 8 yna o'n blaena ni. Mi aethon nhw'n reit handi pan welon nhw ni ein dau yn dod, a sgrialu i roi eu ffôns yn eu bagia ac allan o'r golwg.

Dyna be ydy pŵer! meddyliais, yn teimlo'n rêl boi.

Ond erbyn dallt, roedd y ddynes ginio'n chwifio'i breichia arnyn nhw ac yn edrych fel ei bod hi'n gwneud yr *international distress signal* mewn cwch bach ar fin suddo yn y môr mawr! Be bynnag, arni hi roeddan nhw'n edrych!

"Sbia ar hyn, yr hen fêt!" medda Dyl, yn gwenu fath â giât.

Y cwbwl welwn i ar ei ffôn oedd tudalen Swap&Sell, rhyw fath o wefan gwerthu petha ail-law yn ein hardal ni. Roedd Dad yn mynd arno fo weithia i chwilio am ddarnau i'r car, a dwi'n cofio Mam a Lisa yn gwerthu hen feic pinc Lisa ryw flwyddyn neu ddwy yn ôl.

"Be? Ydy pobol yn gwerthu trenyrs ar fan'na?" medda fi wrth Dyl.

"Ydyn!" medda Dyl. "Lot o bobol 'di prynu rhai rhy fach neu rhy fawr ac wedyn yn trio eu gwerthu nhw ..."

"Pam bo' nhw ddim yn mynd â nhw 'nôl i'r siop, dwad?" medda fi.

"Cwestiwn da! Dwi'm yn gwbod! Ond anghofia am drenyrs am funud bach, plis!"

"Iawn! Be sy 'na? T'isio prynu rhwbath?"

"Nachdw! Dwi ddim isio prynu dim byd 'sdi ..." medda Dyl yn chwerthin wrth sbio ar rwbath ar ei sgrin. "Dwi 'di creu cyfri arall i fynd ar hwn, sbia! Dim Dyl ydw i ar hwn. Deilwen ydy fy enw i ar y *swapshop* peth 'ma! Dwi'n cogio bach mai dynas ydw i!"

"Dynas?! Be?! Deilwen?!"

"Ia! Paid â deud wrth neb, cofia!"

"Wna i ddim!"

Mi sgroliodd Dyl i lawr y dudalen a stopio ar un llun. Llun o gwpwrdd ochr gwely roedd rhywun yn trio'i werthu. Cwpwrdd bach pren efo tri drôr.

"Sbia hwnna!" medda Dyl. "Ma nhw isio £35 am y peth hyll yna!"

Mi gliciodd arno fo a sgwennu o dan llun y cwpwrdd gwely,

> Mae hwnna yn hen fel pechod. Ydach chi wedi'i ddwyn o o Sain Ffagan?
>
> Like   Reply

Amgueddfa ydy Sain Ffagan 'de. Wrth ymyl Caerdydd. Fuon ni yno erstalwm ar drip efo'r ysgol gynradd.

Dyna'r trip wnaeth Eldon-stink wneud yn ei drowsus ar y ffordd adra.

Anfonodd Dyl y neges wedyn a chwerthin dros y lle, "Tybad be mae'r bobol sy'n gwerthu'r rybish yma'n feddwl?!" medda fo.

"Ha!" medda fi. "Ti ddim hanner call!"

Sgroliodd i lawr eto i chwilio am rwbath arall, pâr o sgidia brown tro yma ... sgidia swêd merched ...

"A sbia ar rheina! Afiach 'de! £40?! Pwy uffarn sy'n mynd i brynu ffasiwn betha?"

"Be wyt ti ... sori ... Deilwen ... wedi sgwennu am y sgidia 'na 'ta?" medda fi.

Mi ddaliodd Dyl ei ffôn i fyny eto'n falch iawn ohono fo'i hun. Roedd o 'di sgwennu hyn dan y sgidia brown ...

> **Dyma'r par hyllaf o sgidie dwi erioed wedi weld! Pwy sydd isio rhai lliw pibo llo bach?**
>
> Like   Reply

Roedd yn rhaid i mi ddeud, ro'n i'n dechra gweld yr ochr ddoniol rŵan hefyd, ac yn chwerthin efo Dyl. Roedd Dyl yn crio chwerthin ac yn chwilio am un arall.

"A sbia ar hwn ..." medda fo, yn sgrolio lawr eto ...

Roedd rhywun yn trio gwerthu tŷ gwydr ac roedd o'n edrych 'chydig bach yn rhacs. Wel, roedd amball ffenast wedi torri ... Roedd Dyl yn chwerthin mwy a mwy cyn dangos hwn i mi. O dan y tŷ gwydr roedd o 'di sgwennu fel hyn ...

> **Mae hwn yn rhacs. Dydy o ddim gwerth dwy geiniog!**
>
> Like   Reply

Dyma be oedd hobi newydd Dyl, ma'n rhaid! Dwi'n ei

nabod o'n ddigon da i wbod mai mynd i helynt wneith o, ma'n siŵr, ond iesgob, roedd o'n ddoniol! Weithia, mae'n werth cario 'mlaen efo petha gwirion fel hyn!

"Mi chwilia i am betha arall heno i ti ddeud petha dwl amdanyn nhw!" medda fi.

"Petha dwl?" medda Dyl. "Y gwir sydd yn brifo, 'de!" medda fo, a ffwrdd â ni ar ôl clywad cloch cofrestru pnawn. Roedd y gloch yn swnio'n bell i ffwrdd.

Mr Lewis yn bloeddio

Mi aeth y pnawn yn reit sydyn. Dwy wers Ffiseg lle roeddan ni'n cael gwneud arbrawf efo peli ping pong a gweld pa mor uchel roeddan nhw'n bownsio. Mi aeth Mr Lewis yn wallgo pan ddechreuodd grŵp Kev-gerbil weld faint o beli roeddan nhw'n gallu eu rhoi yn eu cegau, a chracio rhai ohonyn nhw wrth eu chwythu nhw allan. "Dwi isio defnyddio rheina eto!" bloeddiodd Mr Lewis. Aeth pawb yn ddistaw i gyd.

Ro'n i'n falch bod dydd Llun wedi dod i ben. Os o'n i wedi gallu goroesi dydd Llun ro'n i'n gwbod y byddwn i'n gallu mynd drwy bob diwrnod arall o'r wythnos wedyn.

Corsa du Lloyd

Cerdded yn gyflym am adra ro'n i, a thrio mynd yn gyflymach pan ddechreuodd hi bigo bwrw glaw. Mi stopiais yn stond ar ôl mynd rownd gornel a gweld Corsa du Lloyd, cariad Lisa, 'di parcio tu allan i'r tŷ. Be oedd y pen rwdan isio eto? Doedd o ddim yn arfer dod draw ar bnawn dydd Llun.

Agorais y drws a gweiddi "Helô" i ddeud wrth Lisa fy

mod i adra. Bag ysgol ar lawr wrth drws a syth i'r gegin i wneud tost a diod o laeth i mi fy hun. Mi glywais ryw ystwyrian fyny'r grisia a daeth Lloyd i lawr fel siot.

"Iawn, mwnci?" medda fo. "Sut oedd petha yn y sw heddiw?"

Mi wnes i gerdded ato fo a rhoi clec iddo fo dan ei ên nes aeth o drwy do'r gegin ac wedyn drwy do'r tŷ ac ro'n i'n sefyll yna, tost yn fy llaw yn edrych i fyny drwy'r twll ar 'chydig o awyr las a chymylau uwch fy mhen ...

Naddo! Dim go iawn. Dyna o'n i isio'i wneud ond wnaeth hynny ddim digwydd. Dyma be wnaeth ddigwydd go iawn ... dwi wedi weindio 'nôl 'chydig bach ...

"Sut oedd petha yn y sw heddiw?"

"Iawn," medda fi wrth Lloyd. "Lle ma Lisa?"

"Llofft," medda Lloyd. "Isio panad ma hi, dau siwgr."

"Dydy Lisa ddim yn cymryd siwgr," medda fi.

"Mae hi os dwi'n deud," medda Lloyd. "A tra ti wrthi, gwna un i fi hefyd, tri siwgr i fi. T'isio fi sgwennu o lawr i ti?"

Mi drodd yn sydyn allan o'r gegin a mynd 'nôl fyny i'r llofft at Lisa. Mi wyliais i o'n cerdded oddi wrtha i'n ei jîns du. Crys-T gwyn a'i jaen aur am ei wddw. Troi'n sydyn am y grisia a'i Vans du a gwyn o'n dawel bach fel lleidr yn mynd o stepan i stepan.

Y nhw, Lisa a Lloyd, oedd 'di bod adra drwy'r pnawn. Ro'n i'n gwbod bod Lisa 'di bod yn gweithio yn y caffi tan ddau. Ei lle hi oedd gwneud panad i mi a gofyn i mi os ro'n i isio panad. Er, do'n i ddim yn meindio gwneud panad iddi hi.

Wedi'r cwbwl, hi ydy fy unig chwaer yn y byd. A chwarae teg, roedd hi'n gwneud panad i fi weithia.

Ond yr hen Lloyd 'na! Wrth roi'r tegell i ferwi mi ysgyrnygais fel ci Max pan ma'n gweld y postman, a rhincian fy nannedd. Rhwbio'ch dannedd yn ei gilydd tan eu bod nhw'n gwneud sŵn ydy rhincian dannedd. Gair arall Miss Elias Cymraeg.

Lloyd ydy'r unig un yn y byd sydd wedi gwneud i mi fod isio gwglo 'arsenic'. Gwenwyn ydy arsenic. Cemegyn ydy o sydd efo'r symbol As a rhif atomig 33. Mae arsenic i'w gael mewn lot o fineralau, fel arfer gyda sylffyr a metalau. Metalloid. Ei bwynt tawdd o ydy 816.80 gradd selsiws a'i ferwbwynt ydy 613 gradd selsiws. Mae yna ddau fath o arsenic i'w gael, organig ac anorganig. Mae i'w gael yng nghramen y ddaear ond hefyd mewn dŵr, mewn bwyd, mewn pridd ac yn yr aer ...

Mi wnes i roi dau siwgr yn nhe Lisa a phedwar yn un Lloyd. Fo gafodd y myg hyllaf yn y gegin hefyd, yr un oedd Nain yn rhoi ei dannedd gosod ynddo fo dros nos pan oedd hi'n dod i aros aton ni erstalwm.

Sglaffiais fy nhost a mynd i ista i'r lle teledu.

PING

Dyl oedd yna

Gym **heno?**

Iawn. Ar ôl swpar.

Wela i di yna, 7.30.

Roedd Lloyd 'di mynd 'chydig cyn i Dad a Mam gyrraedd adra o'r gwaith. Cyn gadael, mi roddodd y ddau fyg te i fi, wel, rhoi un ar fy nghoes dde a'r llall ar fy nghoes chwith tra o'n i'n ista lawr, yn lle mynd â nhw i'r sinc yn y gegin. Wnes i ei anwybyddu o a jyst edrych i lawr ar fy ffôn. Wnes i ddim symud dim rhag ofn i'r mygiau syrthio ar lawr a thorri.

Mae'n rhaid i ti ddefnyddio dy gasineb yn erbyn Lloyd i dy yrru 'mlaen i godi lot o bwysa yn y gym heno, medda fi wrtha fi fy hun! Wedyn, mi fyddi di'n gryf fel tarw a neith Lloyd byth ddeud wrthat ti am wneud panad o de iddo fo wedyn.

Daeth Lisa lawr y grisia yn nes 'mlaen, pan glywodd hi ogla bwyd yn coginio.

Duw o wlad Groeg

Roedd Dyl yn aros amdana i ar ben lôn ac wedyn mi wnaethon ni redeg dow-dow i'r ganolfan hamdden. Dyna rydan ni'n ei wneud rŵan er mwyn cynhesu 'chydig a chael y galon i guro'n gyflymach cyn dechra codi pwysa. Tric ma Dyl 'di ddysgu yn Addysg Gorfforol ydy hyn, medda fo.

Roedd yna ryw bump o'r criw dre yn dal i fod yna, y robins goch, fel ma Dyl yn eu galw nhw. Roeddan nhw'n newid lle efo'i gilydd ac yn gweiddi ar ei gilydd i godi 'un arall' o hyd. Roedd y pwysa mor drwm nes roedd 'na ddau foi'n sefyll tu ôl i'r bar yn barod i gymryd y pwysa os basa fo'n cael ei ollwng i lawr yn sydyn.

Roedd yna un boi newydd yng nghanol y criw. Doeddan ni heb ei weld o o'r blaen. Roedd o'n ddiarth i ni. Fo oedd yr hynaf. Gwallt gola oedd ganddo fo ac yn dechra colli ei wallt ar y top. Mwstásh mawr melyn hefyd. Trowsus tracsiwt du a thop oren yn deud JIM WORLD arni, a llun gorila mawr yn codi dymbels a diferion o chwys yn dod oddi ar ei dalcen.

Roedd o'n edrych fel ei fod o wedi bod yn codi pwysa ers pan oedd o'n tua pump oed. Doedd ganddo fo ddim gwddw achos roedd ei ben o'n suddo'n syth i'w frest fawr o. Doedd o ddim yn dal iawn, ond roedd o'n llydan fel drws ac yn cerdded rownd y lle fel petai o'n methu troi'n iawn.

Roedd o'n siâp triongl a'i ben i lawr.

Pan symudodd un o'r robins goch o'r lle codi pwysa mi neidiodd y boi newydd 'ma i'w le fo a gofyn i'r hogia dre roi mwy o bwysa eto ar y ddwy ochr. Wedyn, mi ddechreuodd o sgwotio a chodi'r pwysa i fyny ac i lawr yn sydyn sydyn, ac anadlu i mewn ac allan yn sydyn sydyn hefyd.

Ro'n i'n gallu gweld y bar haearn yn plygu ar y ddau ben. Iesgob!

Roedd Dyl a finna yn sefyllian wrth y peiriant dŵr, ddim isio iddyn nhw sylwi ein bod ni'n syllu arnyn nhw fel hyn.

"Pwy ydy'r boi 'na?" holodd Dyl.

"Iesgob, dwn i'm," medda fi, "ond sbia mysls sy gynno fo!"

"Dangos ei hun i hogia'r dre mae o," medda Dyl.

Mi roddodd y robins goch i gyd glap mawr i'r boi top oren, a'i daro fo ar ei gefn a ballu tra oedd o'n sychu'i wyneb efo'r tywel roedd o 'di roi i un ohonyn nhw ei ddal. Ro'n i a Dyl yn meddwl fod y sioe drosodd a dyma ni'n rhyw ddechra cerdded at y peiriannau rhwyfo i gael ras – y cynta i dair mil o fetrau ...

A dyna pryd y clywon ni'r llais. Roedd rhywun yn galw ar Dyl a fi!

"Oi, chi'ch dau! Cymraeg 'da chi? Dowch yma am funud bach!"

Mi sbiodd Dyl a a finna ar ein gilydd am eiliad fach cyn troi i weld pwy oedd isio ni.

Y boi mawr mwstásh melyn oedd yna. O na!

"Oi, chi'ch dau! Dowch yma! Ga i'ch help chi am funud plis!"

Hercules! Dyna be oedd o'n galw ei hun! Roedd yr hogia dre i gyd yn sbio arnon ni! O na! Be oedd y boi 'ma isio?

"Iawn, hogia?" medda fo. "Sgynnoch chi eiliad i'w sbario plis?"

"Dibynnu i be!" medda Dyl, yn syth bin fel yna. Mae o'n lot gwell na fi am wbod be i ddeud. Mae o'n gallu meddwl yn sydyn hefyd.

"Wel," medda Hercules, "does 'na ddim digon o bwysa yn y *gym* bach 'ma sgynnoch chi'n fa'ma yn dre. Does 'na ddim pwysa ar ôl i ni roi ar y bar. Mae hyn yn broblam."

Sbiodd yr hogia dre ar ei gilydd yn syn. Roeddan nhw'n ddistaw bach.

"Isio i ni fynd i ofyn am fwy o bwysa ydach chi?" medda Dyl.

"Naci tad!" medda Hercules. "Isio'ch benthyg chi dwi am eiliad neu ddwy. Gei di ista ochr yna," medda Hercules yn sbio arna i a phwyntio at yr ochr chwith, "ac mi gei di ista'r ochor arall," medda fo, yn sbio ar Dyl ac yn pwyntio efo'i lygaid at y lle roedd o isio i Dyl fynd.

O na! Roedd o isio i ni ista ar ben y pwysa mawr crwn oedd yna'n barod.

"Iawn," medda Dyl, "ond 'dan ni'n siŵr o sleidio i ffwrdd!"

"Na, na!" medda Hercules, neith yr hogia eich dal chi, fyddwch chi'n hollol saff. "Ond ma rhaid i chi aros yn llonydd, iawn?"

"Iawn!" medda Dyl a finna, achos doedd gynnon ni ddim llawer o ddewis yn y mater a deud y gwir.

Mi aeth Hercules i sefyll i'w le yn barod. Mi ddechreuodd o wneud sŵn anadlu dros y lle, chwythu i

mewn ac allan fel morfil mawr. Mi aeth Dyl a finna a rhoi naid fach am yn ôl i ista bob ochr iddo fo ar y pwysa mawr crwn. Roedd dau o hogia'r dre yn barod i fy nal i os baswn i'n sleidio am yn ôl, a dau o'r hogia dre yn barod i ddal Dyl 'run fath.

Wedyn, dyma Hercules yn sefyll a'i gefn yn syth a stwffio'i dop i mewn i'w drowsus. Wedyn, dyma fo'n mynd ar ei gwrcwd lawr o dan y bar, rhoi ei ysgwyddau oddi tano ac i ... fyny ... â ... ni ... unwaith ... dwywaith ... tair gwaith ... a ... stopio ... DIOLCH BYTH!

Neidiodd Dyl a finna i ffwrdd o'r pwysa mawr a gadael yr hogia dre i roi clap fawr i Hercules a chwerthin, gan ddeud pa mor anhygoel oedd o a ballu.

"Uffar o foi!"

"Cry fel ceffyl!"

"Ameeeeeesing!"

meddan nhw.

Roedd Hercules yn mwynhau bob munud, fel rhyw arwr wedi ennill medal aur yn y Gemau Olympaidd, a gwythiennau mawr fel afonydd yn popio allan ar ochor ei dalcen o, yn llifo lawr ei wddw a'i freichia fo! Ychafi!

Cododd ei fawd ar Dyl a finna wrth i ni fynd o 'na, a ninnau ddim yn siŵr be i feddwl am beth oedd newydd ddigwydd.

"Be nesa?" medda Dyl.

"Ia. Be nesa?!" medda fi.

"Dod i fa'ma i drio codi pwysa a ma 'na ryw foi mawr gwirion yn codi ni'n dau a'r holl bwysa sy'n gallu ffitio ar y bar 'na!" medda Dyl.

"Ond sbia cryf 'di o!"

"Ia!" medda Dyl. "Dwi'n falch nad ni'n dau sy'n gorfod ei godi o i fyny!"

"Ha!" medda fi. "Ti'n iawn yn fan'na!"

"Ty'd 'ta, yr hen fêt," medda Dyl. "'Chydig o rwyfo ac am adra 'de!"

"Ia," medda finna. "Adra'n reit handi, dduda i."

Mi ddilynodd pawb Hercules wedyn at y rhaffau newydd hir oedd yn sownd yn y wal ac mi ddangosodd o i bawb sut oedd gwneud hynny. Roedd o'n chwifio'r rhaffau yn sydyn ac roeddan nhw'n gwneud patrymau hyd y llawr fel tonnau'r môr. Mi wnaeth o hynny am tua dau funud.

Pan driodd un o'r robins goch wneud yr un fath, roedd yn rhaid iddo fo stopio ar ôl rhyw hanner munud achos bod ei freicha fo 'di mynd fel jeli, medda fo. Fe gafon nhw i gyd gynnig arni, a Hercules yn ei dop oren wrth ei fodd yn eu gweld nhw'n methu ac yn ysgwyd ei ben yn slo bach.

"Mi fydda i yma eto wsnos nesa, hogia!" medda fo. "Daliwch ati rŵan a chofiwch be ddwedes i! Mae yna ffordd haws, yn does, Darren?" medda fo a rhoi winc a gwên i'r boi o'r enw Darren.

"Be oedd o'n feddwl, tybad? Ffordd haws? Ffordd haws i be?" medda Dyl ar y ffordd adra.

"Dim clem!" medda fi, yn sbio ar y ffôn ac yn trio cerdded yn sydyn ar yr un pryd heb gerdded mewn i bolyn lamp neu rwbath.

"Pwy sy 'na rŵan? Lowri eto?" medda Dyl, yn fy ngweld i'n sbio ar fy ffôn.

"Whitney!" medda fi.

"O Ha! Ha!" medda Dyl. "Be ti'n wneud 'ta?"

"Trio gweld pwy oedd Hercules dwi," medda fi.

"Rhyw foi cryf ofnadwy oedd o, yr hen fêt," medda Dyl.

"Ia! Ti'n iawn 'fyd!" medda fi. "Hercules, son of Zeus, Greek God ..."

"Duw o wlad Groeg!" medda Dyl.

"Ia, 'na fo," medda fi, a meddwl am y boi yna oedd yn y *gym* efo ni'r noson honno.

"Dangos i ni be ti'n gallu'i wneud!"

Do'n i ddim yn gallu canolbwyntio'n dda iawn yn Maths bore dydd Mawrth. Dydw i ddim yn hoffi gofyn i Ieu am help na chopïo be mae o 'di roi fel ateb, ond dyna ro'n i'n ei wneud y bore hwnnw. Mae o'n fy nghopïo i weithia hefyd. 'Dan ni'n dallt ein gilydd yn iawn.

Y rheswm do'n i ddim yn gallu canolbwyntio ar drionglau hafalochrog oedd fy mod i'n meddwl am y gystadleuaeth Nike 'ma unwaith eto. Roedd geiria Lowri'n mynd rownd a rownd yn fy mhen i – "Ti ydy Brenin y Trenyrs felly dangos i ni be ti'n gallu'i wneud!" – dyna be oedd Lowri wedi'i ddeud.

Roeddan ni'n gorfod gwneud syms am drionglau ac yn gorfod ffitio ffenestri triongl i dŷ gwydr fel ei fod yn wydr i gyd heb unrhyw fylchau ynddo fo. Dynd pryd wnes i gofio am y tŷ gwydr ar y wefan Swap&Sell a be roedd Dyl wedi ddeud fel jôc amdano fo! Deud ei fod o'n rhacs a bod o ddim gwerth dwy geiniog!

"Be sy'n ddoniol?" gofynnodd Ieu, yn fy ngweld i'n gwenu heb imi ddallt fy mod i'n gwenu.

"Dim byd!" medda fi wrth Ieu.

"Ydach chi'n golchi tractors yn yr hen garej?" medda fo.

"Yndan," medda finna. "Ond dwi ddim yn cofio neb yn dod â tractor i gael ei olchi erstalwm. Mae yna ryw foi'n dod â JCB i'w olchi weithia ..."

"Dewch nawr!" medda Miss. "Gewch chi byth domatos os nad odych chi wedi bennu'r tŷ gwydr!"

Amser cinio. Ar ôl cael ei fwyd ma Ieu yn mynd i wneud ei waith DT yn y gweithdy. Gwneud rhwbath o fetel mae o, ac mae o wrthi ers oes pys. Felly, aeth Dyl a fi at y goeden 4G i gael signal da a gweld mwy o betha gwirion roedd Dyl, neu Deilwen, wedi sgwennu ar y wefan. Petha roedd pobol yn trio'u gwerthu.

Cerddon ni felly i ben pella'r cae ac mi aeth y merched bach Blwyddyn 7 efo'u bagia rhy fawr o 'na pan welon nhw ni'n dod.

"Reit dda!" medda Dyl, yn trio cael signal ar ei ffôn. "Gen i amball un newydd i ddangos i ti heddiw!"

"O! Iesgob! Be ti 'di wneud rŵan?" medda fi, yn sbio 'mlaen i weld be oedd Dyl 'di sgwennu tro 'ma.

Mi steddon ni'n dau i lawr y tu ôl i'r goeden a phwyso yn ôl ar y boncyff.

"Sbia ar yr un yma!" medda Dyl, ar ôl ffendio llun o ryw hen soffa lliw brown roedd rhywun o'r enw Eirian Williams yn trio'i gwerthu am £50. Roedd Deilwen 'di sgwennu fel hyn o dan y llun:

> £50 am y soffa hyll yna? Chi ddyle dalu £50 i rywun fynd â hi i'r dymp!
>
> Like   Reply

Roedd yna rywun wedi rhoi bawd fyny a rhywun arall 'di rhoi wyneb melyn efo ceg ar agor wrth ymyl be oedd Deilwen wedi sgwennu!

"A sbia ar hwn ..." medda Dyl, yn chwerthin wrth ffendio llun o gi bach du efo wyneb fflat fel crempog. Pygs ma nhw'n cael eu galw. Roedd o'n gi bach reit ddel ond roeddan nhw isio £900 o bunnoedd amdano. O dan y llun roedd Deilwen 'di gofyn cwestiwn y tro yma:

> Ga i o am hanner pris achos mae o'n edrych fel bod o wedi rhedeg mewn i wal? Mae'n anodd deud y gwahaniaeth rhwng ei ben blaen o a'i ben ôl o!
>
> Like   Reply

Wps! Doedd perchennog y ci wyneb fflat ddim yn hapus ac roedd wedi sgwennu ...

Deilwen. Dwi am eich riportio chi i reolwr y wefan 'ma.

Roedd Dyl yn chwerthin mwy a mwy wrth weld ei fod o wedi gwylltio rhywun.

"Gobeithio gei di ddim dy ddal, Deilwen!" medda fi wrth Dyl.

"Amhosib!" medda Dyl, yn edrych am fwy o betha i ddeud rhwbath dwl amdanyn nhw.

Kev-gerbil yn reidio ceffyl

Fe aeth y pnawn yn sydyn achos roedd Miss Elias mewn hwyliau da. Mae gan Miss gariad reit smart. Weles i o'n dod i'w nôl hi unwaith ar ôl ysgol mewn car cŵl du. Scirocco newydd. Roedd sticyr draig goch ar y cefn. Er mwyn cadw Miss Elias yn hapus ma'n siŵr!

Dydy Dad ddim yn gadael i ni roi dim sticyrs ar y car nag ar fan y gwaith achos bo nhw'n tynnu'r paent i ffwrdd, medda fo.

Ond sôn ro'n i am Miss Elias. Roedd hi wrthi'n siarad efo ni am siarad Cymraeg da a thrio peidio deud geiria Saesneg o hyd. Siarad Cymraeg da a siarad Saesneg da, medda hi. Mae gan bob iaith urddas, medda hi. Be ydy urddas, tybad?

"Cerys Anna, fedri di ddeud wrth pawb beth ydy 'urddas'?"

"Parch, hunan-barch, steil ..." medda Cerys Anna.

"Ie, 'na ti," medda Miss.

Roedd hi'n deud hynny achos ein bod ni'n mynd i orfod siarad am bum munud ar ein penna ein hunain.

Pum munud! Iesgob! Ma pum munud yn amser hir.

Mi gawson ni glywad enghreifftiau wedyn o bobol flwyddyn dwetha'n siarad am betha. Carl Crynsh yn siarad am rygbi. Catrin Hughes yn sôn am chwarae'r ffidil. Gerallt yn mwydro am dractors, a Ieu wrth ei fodd, yn ista fyny'n syth yn ei sêt a phwyso ei ben ymlaen i wrando.

"Dwi'n gwbod am be mae BYT yn mynd i siarad!" medda Miss Elias, yn tynnu fy nghoes ...

"Am be?" gofynnais i.

"Slipars! Ynde, BYT?" medda hi.

"Trenyrs dwi'n meddwl, Miss!" medda fi, yn dallt yn iawn ei bod hi'n tynnu fy nghoes.

"Ia siŵr!" medda hi a chwerthin dros y lle. Wedyn, dyma hi'n holi pobol yn y dosbarth am be roeddan nhw'n mynd i siarad.

Roedd Mikaela am siarad am ffasiwn, Ieu am siarad am waith ar y fferm a Dyl am siarad am gadw'n ffit. Roedd pawb arall yn mynd i feddwl mwy am beth roeddan nhw am ei ddeud ac am roi gwbod i Miss yn y wers Gymraeg nesa.

"Dwi isio siarad am fy ngheffyl," medda Mari. "Ga i ddod â Seren i'r ysgol i ddangos i bawb?"

"Na Mari!" medda Miss. "Bydd llun o dy geffyl yn ddigon da!"

"Ji-yp! Ji- yp!" medda Kev-gerbil yn cogio reidio ceffyl a chwipio'i ben ôl efo'i bren mesur, a dyma pawb yn chwerthin.

"Byddet ti'n gwneud joci bach da!" medda Miss, ac mi ganodd y gloch i ni gael mynd am adra. Roedd Kev-gerbil yn dal i reidio'i geffyl allan o'r stafell a lawr y coridor Cymraeg. Aeth Mari ar ei ôl o a rhoi waldan ar dop ei ben o am hwyl. Mi aeth Kev-gerbil yn lot cyflymach wedyn, tan iddo gofio'i fod o wedi anghofio'i fag yn stafell Miss Elias!

Dim ond Lisa oedd yn tŷ pan gyrhaeddes i adre o'r 'rysgol. Roedd hi yn y gegin.

"Iawn, Lisa?" gofynnais.

"Iawn, 'sdi!" medda hi, yn reit dawel, gan roi dŵr yn y tegell. "T'isio panad?"

"Ia plis," medda fi, "a tost os ga i."

"Un 'ta dau?"

"Wel, dau plis, efo jam coch."

Es i trwodd i ista ar soffa a sbio ar y ffôn. Neges gan Ieu oedd yna. Doedd Ieu byth bron yn anfon neges ar y ffôn. Roedd yn well ganddo fo siarad ar ffôn y tŷ. Roedd y tecst yn deud fel hyn ...

Wyt ti isio dod i helpu dydd Sadwrn i hel wyau yn y sied fawr? Dwi am ofyn i Dyl ddod hefyd.

Hel wyau? Sied fawr? Do'n i erioed wedi gwneud hynny o'r blaen. Mi wnes i ateb yn deud 'mod i'n golchi ceir yn yr hen garej yn y bore, ond mi faswn i'n gallu mynd yn y pnawn.

Ges i fawd i fyny yn ôl gan Ieu.

Mi wnaeth Lisa ddod â'r banad i mi a dau dost neis ac wedyn aeth hi'n ôl i'r gegin i blicio moron. Moron organig, siŵr iawn. Dim ond llysia organig mae hi'n fwyta rŵan.

"Wyt ti'n teimlo'n iawn?" gofynnais i.

"Pam ti'n gofyn?" medda hi'n reit flin. Roedd hyn yn reit annisgwyl.

"Gweld ti'n helpu i wneud swpar, dyna'r cwbl," medda fi, 'di cael 'chydig o sioc. Doedd hi ddim yn jôc dda, ro'n i'n gwbod!

"O!" medda hi. "Sori. Dwi'n iawn jyst bod gen i betha ar fy meddwl. Wnes i ddod adra o'r caffi am hanner awr 'di deg heddiw 'sdi."

"Diolch am y tost!" medda fi.

"Iawn," medda hi'n gwenu. Ond dyna pryd yr edrychais i arni hi a gweld ei bod hi'n edrych fel ei bod hi wedi bod yn crio. Trodd ei phen oddi wrtha i er mwyn nôl sosban neu rwbath o'r cwpwrdd. Dwi'n meddwl ei bod hi wedi troi ei phen yn lle bo fi'n sylwi.

Es i o'r gegin a meddwl tybad be oedd yn bod efo Lisa. Mi wnes i feddwl yn sydyn tybad oedd hi a Lloyd wedi gorffen? Pa mor wych fasa hynny? Mi fasa hynny'n ffantastig! Dim mwy o weld Corsa Lloyd 'di parcio tu allan i'n tŷ ni. Dim mwy o weld ei hen drenyrs Vans sgwaria du a gwyn o o gwmpas y lle o hyd. Dim mwy o'i weld o'n ista yng nghadair Dad.

Dim mwy o glywad ei lais o'n deud wrtha i am wneud panad a tost iddo fo. Mi fasa hynny yn nefoedd!

Mi wnes i groesi fy mysadd. Ond wedyn, mi wnes i feddwl fy mod i'n hunanol a dyma fi'n stopio croesi fy mysedd. Ro'n i'n teimlo ychydig bach yn euog. Beth bynnag oedd yn digwydd, do'n i ddim yn hoffi gweld Lisa yn edrych yn drist fel yna. Wedi'r cwbl, mae hi'n chwaer i mi, yn dydy. Dydw i ddim yn mynd i gael chwaer arall.

Pendroni yn fy llofft

Mi es i fyny i fy llofft ac ista wrth fy nesg. Wedyn troi'r

cyfrifiadur 'mlaen. Roedd gen i lwyth o waith cartref i'w wneud. Ond, dim gwaith ysgol oedd ar fy meddwl i, ond rhwbath arall. Y gystadleuaeth Nike 'ma oedd ar fy meddwl i, siŵr iawn. Cynllunio trenyrs fy hun!

Roedd o'n swnio'n reit hawdd – tynnu llun o drenyr a lliwio'r llun wedyn. Mi fasa hogia bach ysgol gynradd yn gallu gwneud hynny. Ond os o'n i isio cael gwobr gan Nike yn Oregon, byddai'n rhaid i mi wneud mwy na hynny.

Byddai'n rhaid i mi ddangos fy mod i'n gwbod am be dwi'n sôn. Dangos fy mod i'n 'dallt y dalltings', fel ma Dad yn ddeud. Mi fydd yn rhaid imi gynllunio'r trenyrs ar gyfrifiadur a deud pa blastig sydd ynddyn nhw a pha rybyr a lledr a ... deunyddiau synthetig a ... ymmm ... lot o betha eraill dwi ddim yn gwbod amdanyn nhw ar hyn o bryd!

Meddwl am betha felly o'n i pan ddaeth wyneb Gwendoline ar y sgrin. Roedd hi'n edrych yn reit ddel yn ista ar y soffa yn tŷ ac roedd y llun dwl 'na ohoni'n tua dwy oed ar y wal y tu ôl iddi hi. Rhwbath tebyg i hyn oedd y sgwrs ...

Iawn?
Hia BYT! Diwrnod da?
Iawn. Bob diwrnod 'run fath yn 'rysgol rwsut.
Gwbod.
Ti?
Iawn. Fedra i ddim siarad lot rŵan ond wyt ti 'di gweld hwn?

Daliodd ddarn o bapur i fyny at ei ffôn. O na! Papur y gystadleuaeth Nike oedd o ...

Wel? Ti 'di weld o?
Do! Ma pawb yn sôn am y peth wrtha i, 'sdi!
Wnes i feddwl amdanat ti'n syth bin! Bydd raid i ti drio,
BYT!
Gen i lot o waith ysgol i wneud!
Dwi'n gwbod! Ond rhaid ti drio neu mi fyddi di'n difaru!
Job yn Oregon a phob dim!
Gwbod!
Www! Ma Mam adre ... ta-raaaa!
Ta-ra, Gwendoline!

Codais fy llaw arni hi a gwenu am hanner eiliad. Chwarae teg iddi hi am feddwl amdana i ond deud y gwir, do'n i ddim angen neb arall i fy atgoffa am y gystadleuaeth Nike Oregon 'ma. Roedd yna ddigon o bobol wedi deud wrtha i'n barod. Grrr!

Swper Lisa

Es i lawr grisia pan glywes i'r car yn parcio y tu allan ac agor y drws ffrynt i Mam ddod mewn. Roedd hi'n edrych wedi blino a thipyn bach yn llwyd.

"Diolch, cyw!" medda hi a gwenu wrth fynd heibio fi.

"Ogla bwyd!" medda hi wedyn. "Diolch byth am hynna!"

"Bydd o'n barod mewn rhyw chwartar awr," medda Lisa.

"Haleliwia!" medda Mam ac ista i lawr ar y soffa heb dynnu'i chôt a chicio'i sgidia oddi ar ei thraed.

"Fydd Dad adre cyn bo hir," medda hi a rhoi ei phen yn ôl a chau'i llygaid.

Dwi ddim yn siŵr pam, ond mi es i i'r gegin i weld a

oedd Lisa isio help. Y cwbwl roedd hi isio i mi wneud oedd gosod y bwrdd a rhoi diod i bawb yn barod. Roedd y llysia'n berwi'n braf a darn o gig oen yn y popty, er bod Lisa ddim yn bwyta cig rŵan. Cig oen efo mintys drosto. Hoff fwyd Dad.

Roedd hi'n teimlo 'chydig bach fel amser cinio dydd Sul er ei bod hi'n ganol wythnos. Roedd Lisa yn edrych ar ei ffôn i wbod sut i wneud grefi.

"*Hi honey, I'm hooo-ooome!*" medda Dad mewn llais gwirion dros y tŷ.

"Be 'di'r ogla da 'ma dwi'n glywad?" medda fo wedyn wrth daro'i ben rownd drws y gegin.

"Lisa sy'n gwneud swpar i ni," medda fi.

"O! Be ma hi isio tro *yma*?!" medda Dad.

"Bydda'n ddiolchgar!" medda Mam.

"Do'n i ddim yn feddwl o!" medda Dad. "Diolch, Lisa!" medda fo a gafael ynddi a rhoi clamp o sws iddi ar ei thalcen. Roedd hitha'n trio rhyddhau'i hun o afael Dad ac ofn gollwng y jwg grefi ar lawr.

Roedd pawb yn chwerthin ac mewn hwyliau da.

Dydw i ddim yn gwbod sut wnaeth petha newid mor sydyn. Ond mi wnaeth petha newid mewn chwinciad. Weithia, pan mae petha wedi bod yn berwi'n ddistaw bach dan yr wyneb am yn hir iawn mae yna bwynt yn dod pan ma petha'n berwi drosodd ac yn mynd yn flêr. Yn union fel sosban yn llawn o datws a'r dŵr yn berwi dros yr ochr i bob man.

Biti bod hyn wedi digwydd pan roedd Lisa wedi gwneud swper sbesial i ni gyd. Roedd yna ogla bwyd neis yn llenwi'r tŷ a finna wedi edrych ymlaen yn ofnadwy i'w fwyta fo achos 'mod i bron â llwgu isio bwyd.

Dechreuodd yr helynt mawr annisgwyl yma pan ddwedodd Dad fod Lisa wedi dysgu lot yn y caffi a bod y bwyd yn edrych yn neis iawn ...

"Ma hwn yn sbesial," medda Dad, yn tynnu'i gôt ac yn dechra sglaffio'r wledd oedd ar ei blât.

Gwenodd Lisa. Roedd ei hwynab yn binc achos ei bod hi'n boeth yn y gegin ac roedd hi wedi bod yna yn gwneud y bwyd ers meitin.

"Sut oedd hi yn y caffi heddiw?" medda Dad.

"Oedd hi'n brysur?" gofynnodd Mam.

Llyncodd Lisa beth oedd yn ei cheg ac ateb, "Fues i mond yna tan tua hanner awr 'di deg bore 'ma."

"O!" medda Dad. "Ti 'di cael llond bol yna, ma siŵr?"

"Un peth 'di mynd yna ar ddydd Sadwrn," medda Mam. "Peth arall ydy mynd yna bob dydd, 'de?"

"Ddudish i, do!" medda Dad.

"Deud be?" gofynnodd Lisa'n flin.

"Sa'n well 'sa ti 'di mynd i'r coleg nyrsio 'na. Titha 'di cael lle a phob dim," medda Dad.

"O, plis," medda Lisa. "Peidiwch â dechra hynna eto ..."

"Wel," medda Mam, "os ti 'di cael digon yn y caffi, be am weld os gei di fynd i gael profiad gwaith yn yr ysbyty neu mewn cartre hen bobol ..."

Rowliodd Lisa ei llygaid a deud, "Ga i ddim fy nhalu os dwi'n mynd am brofiad gwaith, yn na cha'?"

"Falla ddim," medda Dad, "ond mi fasa hynny'n fwy o iws i ti na mynd i'r caffi bob dydd i gario *chips* i bobol ..."

A dyna pryd y digwyddodd o. Mi ddechreuodd Lisa grio. Roedd hi'n crio dros y lle. Wnaeth hi ddim trio codi o'r bwrdd na thrio gadael y gegin. Wnaeth hi jyst ista yna ar ei chadair. Wnaeth hi ddim cuddio'i hwynab chwaith, jyst dal ei gafael yn ei chyllell a'i fforc ac roedd gas gen i edrych arni hi, yn edrych mewn poen a'r dagrau yn llenwi ei llygaid. Roedd y dagrau 'di gludo'i gwallt ar ei hwyneb.

Iesgob, roedd gen i biti drosti. Roedd hi'n ista yn fan'na, a thatws a moron a phys a dwy *vegi* byrgyr ar eu hanner ar ei phlât hi. Roedd fy chwaer fawr 'gwbod bob dim' wedi troi'n chwaer fach yn fwya sydyn. Roedd fel bod y byd ar ben i Lisa a neb yn deall yn iawn be oedd yn bod.

Roedd hyn yn dipyn o sioc i Dad a Mam. Stopion nhw fwyta a sbio i fyw llygaid ei gilydd. Wedyn, dyma nhw'n sbio arna i a gofyn efo'u llygaid a oedd gen i atebion. Doedd gen i ddim.

Mi gododd Mam yn sydyn a gafael yn llaw Lisa a mynd â hi trwodd i ista i'r lle teledu. Daliodd Lisa ei llaw fel hogan fach a dilyn Mam. Pan gaeodd Mam y drws dim ond Dad a fi oedd ar ôl yn y gegin.

"Well i ni roi eu bwyd nhw yn y popty i gadw'n gynnas," medda Dad a chodi i wneud be oedd o 'di ddeud. Mi orffennon ni'n dau ein bwyd yn ddistaw wedyn a chlirio'r llestri a chymryd ein hamser achos bo' ni'n meddwl bo' ni ddim i fod i fynd allan o'r gegin.

Ro'n i'n falch o weld Lisa a Mam yn dod yn ôl i orffen eu bwyd ac aeth Dad a fi o 'na reit sydyn.

"Diolch," medda Dad wrth Lisa am y bwyd. "Roedd o'n neis ofnadwy, doedd BYT?" medda fo wrtha i.

"Oedd. Diolch, Lisa," medda fi a mynd trwodd i ista efo Dad a gwylio hanner ola *Match of the Day 2* oedd Dad 'di recordio ers nos Sul.

Doedd petha ddim 'run fath

Doedd petha ddim 'run fath weddill yr wythnos yn tŷ ni. Roedd pawb ofn deud dim byd amser bwyd felly roedd Dad yn siarad lot am y boi newydd oedd 'di dechra gweithio efo Yncl Roy. Roedd y boi newydd 'ma 'di cael y job o fynd i lenwi'r dympar melyn efo disyl coch.

"Llenwa fo i'r top!" oedd Yncl Roy 'di ddeud wrth y boi newydd, ac i ffwrdd â fo lawr y lôn i'r garej oedd wrth ymyl. Pan ddaeth o yn ei ôl, roedd y boi newydd wedi llenwi bwced y dympar efo disyl yn lle ei roi o yn y tanc!

"Doedd Yncl Roy ddim yn medru coelio'r peth!" medda Dad.

"Gafodd o'r sac?" gofynnais.

"Naddo!" medda Dad. "Ond roedd o'n haeddu sac, yn doedd! Twmffat gwirion!"

Nos Wener

Pan ddaeth hi'n nos Wener roedd Dyl isio mynd i'r *gym* i godi pwysa eto ond es i ddim. Fe fues i'n hel syniada am y trenyrs 'ma ro'n i fod i'w cynllunio ar gyfer y gystadleuaeth. Roedd geiria Mr Foberts yn 'rysgol yn mynd rownd a rownd yn fy mhen i. "Does 'na ddim c'wilydd mewn gofyn i fywun am help bob hyn a hyn." Roedd yn rhaid i finna gael help o fwla. Sori, o rwla!

Dyna be o'n i wedi sylweddoli nos Wener wrth fy nesg yn fy llofft a'r bin yn llawn o beli papur.

Bore Sadwrn

"Sutdachi, BYT?" medda Iosef bore Sadwrn, yn wên o glust i glust pan es i mewn i'r hen garej. Nôl y jetwash a'r sebon a llenwi'r bwcedi dŵr ydy fy joban gynta i, 'de.

"Iawn! Iawn! Iawwwwwnnn!" medda Ezra yn sefyll wrth y stof fach nwy yn chwerthin dros y lle. Roedd yn gwneud tri gwydraid o de efo ogla rhyfadd arno fo. Nid te bloda tro 'ma. Rhwbath arall.

Fuon ni'n brysur fel arfer, yn golchi rhes o geir a fania a lorri cario ceffyla a Manitou a JCB. Mi aeth yr amser yn sydyn, be bynnag, ac mi ges i fy £12 a £3.50 mewn tips, oedd yn 50 ceiniog yn fwy na'r wsnos dwetha.

"Diolch," medda fi wrth Iosef. A dyma fo'n deud rhwbath – diolch, dwi'n meddwl – yn ei iaith ei hun. Codais law ar Ezra ac i ffwrdd â fi am adra. Iesgob, ro'n i'n lwcus yn cael gweithio efo nhw. Druan ohonyn nhw hefyd, roedd ganddyn nhw chwe awr arall ar ôl i weithio. Diwrnod hir. Dyna'r peth am dyfu fyny i fod yn ddyn, mi fydd yn rhaid gweithio oria hir. Gewch chi ddim stopio achos bo' chi 'di cael llond bol. Ma'n rhaid chi gario 'mlaen.

Ond doedd fy niwrnod gwaith i heb orffen eto, chwaith. Roedd gen inna joban arall o waith i'w wneud ar ôl cinio ar ffarm Ieu. Hel wyau. Dyna be oedd o 'di ofyn i fi a Dyl ei wneud efo fo.

Felly, ar ôl mynd adra wnes i ddim newid o fy nillad gwaith golchi ceir fel dwi'n arfer ei wneud. Dwi'n arfer newid i ddillad glân achos bo' Dyl a finna yn mynd i'r caffi i fwyta sosej rôls ac wedyn yn mynd i 'Sgidlocyr i weld y trenyrs, siŵr iawn.

Sut o'n i am oroesi heb weld trenyrs newydd am wythnos arall?!

Ar y ffarm

Do'n i heb fod yn nhŷ Ieu ers misoedd. Ro'n i wedi bod yn mynd yno ers pan o'n i'n hogyn bach, ac roedd Mam yn deud bod gen i ofn tad Ieu am fy mywyd erstalwm. Dydw i ddim yn cofio pam fod gen i ei ofn o. Falla achos ei fod o'n gweiddi dros y lle wrth siarad, a'i lais o'n swnio fel taran.

Mam oedd yn mynd â fi a Dyl i fyny i'r ffarm ac roedd mam Dyl am ddŵad i'n nôl ni nes 'mlaen.

"Helô!" medda Dyl wrth Mam, a "Iawn?" medda fo wrtha i pan ddaeth o mewn i'r car.

"Ti 'di cofio dy welis, BYT?" gofynnodd i mi.

"Sgin i ddim welis," medda finna.

"Siŵr gei di fenthyg rhai gan Ieu!"

"Dwi'n siŵr y cei di," medda Mam.

"Neu mi fydd ei Air Force 1s o'n gach ... yn faw ieir i gyd!" medda Dyl wrth Mam.

"'Sa hynny'n ddiwedd y byd, yn basa!" medda Mam, a chwerthin.

"Iâr Force 1s fasa nhw wedyn!" medda Dyl. "Anagram dach chi'n galw hynna!" medda fo a rowlio chwerthin.

"Dydd Sadwrn 'di! Fy adidas Spezial dwi'n wisgo heddiw!" medda fi, i sboelio eu hwyl nhw.

Ysgwyd ei phen wnaeth Mam a rhoi cip sydyn arna i a gwenu. Arafodd y car i fynd dros y grid gwartheg a fyny'r ffordd am ffarm Ieu.

"Cymwch ofal!" medda Mam a phwyntio o'i blaen wrth i Dyl a finna ddeud diolch a chamu allan o'r car. Trodd y car rownd a ffwrdd â hi.

Roedd tad Ieu yn ista'n hollol lonydd o flaen y tŷ ffarm ar gadair bren. Cap stabl am ei ben, welis am ei draed, a throwsus plastig gwyrdd a chrys sgwaria gwyn a brown amdano. Ond yn ei ddwylo roedd yna glamp o reiffl. Roedd o'n ei ddal o ar draws ei frest, ddim yn ei bwyntio fo aton ni.

"'Mai hogie!" medda fo drwy ochr ei geg a jyst hwnnw'n symud. "Dyma ddau foi da heb ddim byd i'w wneud. Mi ffendiwn ni rwbath i chi wneud. Gwnawn, myn diawl i ..." a phiffian chwerthin drwy ochr ei geg.

Do'n i ddim yn siŵr be i'w ddeud, dim ond chwerthin yn gwrtais efo tad Ieu. Ond roedd Dyl yn gwbod be i'w ddeud ...

"Disgwyl y bobol wnaeth ddwyn y cwad beic ddod yn ôl dach chi, Mr Williams?" gofynnodd Dyl.

"Ha! Bwled yn eu tinne 'sa nhw'n gael gen i, y tacle!" medda tad Ieu.

"Ond dim dwyn cwod beics 'di'r broblem heddiw. Wiwerod ydy'r broblem heddiw. Dwi 'di saethu chwech yn barod."

Mewn trap y tu ôl iddo fo roedd yna chwech wiwer 'di marw. Roeddan nhw'n hyll wedi marw, yn edrych fel rhyw lygod mawr efo cynffon fflwfflyd. Tad Ieu oedd 'di saethu nhw i gyd.

"Gynnoch chi siot dda," medda Dyl.

"Yyyyy ..." medda tad Ieu drwy ochr ei geg. "Dwi ddim am symud nes imi gael deg o'r tacle! Mae'r giaffar yn y tŷ. Rhowch gnoc go hegar ar y drws."

"Iawn," medda Dyl a finna efo'n gilydd, yn meddwl bo' ni'n gwbod be oedd tad Ieu yn ddeud wrthon ni.

"Isio ni gnocio'r drws yn galed mae o," medda fi wrth Dyl.

"Wela i!" medda Dyl yn barod i roi cnoc dros y lle, ond doedd dim raid achos daeth Ieu i'r drws yn nhraed ei sanna.

"Iawn, lats!" medda fo. "Barod i wneud 'chydig o waith go iawn 'te?!"

"Pam bod dy Dad yn saethu wiwerod?" gofynnais i Ieu.

"Ma nhw'n bla yma, 'sdi. Ma nhw 'di ffendio'r ffordd fyny i atic y tŷ a 'di gwneud llanast ofnadwy 'na."

"Ydach chi'n clywad nhw'n crafu a neidio o gwmpas y lle yn y nos?" medda Dyl.

"Ydan," medda Ieu. "'Dan ni'n gallu eu clywad nhw'n symud o gwmpas ar ôl i ni fynd i'r gwely pan mae'r tŷ i gyd yn ddistaw!"

"O, niwsans!" medda fi.

"Ydy," medda Ieu. "Ond mae gan Dad ofn iddyn nhw gnoi drwy'r weiars trydan sydd yna. Mi fasa hynny'n niwsans go iawn."

"Ac yn gostus!" Daeth llais Mam Ieu o rwla a dwedodd wrthon ni am dynnu'n sgidia a mynd i mewn i ista ar y soffa am funud.

"Gymwch chi baned a chacen?" gofynnodd mam Ieu. Mi fasa Dyl a fi wedi cymryd panad a chacen yn syth bin ac yn mynd i ateb,

"Ia plis!" ond mi atebodd Ieu drostan ni!

"Gawn ni wedyn, Mam," medda Ieu, "ar ôl i ni hel yr wyau."

"Wel 'na fo 'ta!" medda Mam Ieu. "Wedyn amdani 'ta, os ydy'r bòs yn deud!"

Wrth gerdded dros y buarth at y sied fawr, dyma Ieu yn deud, "Diolch i chi am ddod. Doedd y cwpl sy'n arfer dŵad ar ddydd Sadwrn methu dŵad heddiw. Ma nhw 'di mynd 'nôl adra am 'chydig ..."

"Lle ma nhw'n byw?" gofynnodd Dyl.

"Poland," medda Ieu.

Hel yr wyau

Ro'n i jyst â marw isio diod ar ôl bod yn sied fawr Ieu yn hel yr wya i gyd. Roedd hi'n llychlyd yno ac yn drewi. Rhyfadd oedd gorfod gwisgo masg eto! Roedd y sied yn llawn o ieir hefyd. Wel, sied ieir oedd hi 'de! Doeddan nhw ddim yn pigo na dim byd, diolch byth. Ro'n i'n gweddïo bod mam Ieu yn dal yn tŷ ac yn cofio'i bod hi wedi gaddo panad a chacen i ni ar ôl hel yr wya 'na i gyd.

Mi ollyngis i un wy ar lawr. Mi ollyngodd Dyl ddau! Doedd Ieu ddim yn edrych yn hapus.

Roedd mam Ieu dal yn y tŷ, diolch byth!

"Bobol annwyl," medda hi wrth Ieu. "Be ti 'di wneud i'r ddau yma, Ieuan?"

Ro'n i isio chwerthin yn ei chlywad hi'n galw Ieu yn Ieuan! Doedd 'na neb arall yn gwneud hynny! Ond, ro'n i mor sychedig fel roedd yn rhaid imi ofyn am wydraid mawr o ddŵr oer. Mi ofynnodd Dyl am un wedyn.

"Paned i fi plis, *mother*!" medda Ieu.

"Ia siŵr iawn! Panad i'r hen ddyn!" medda mam Ieu

a phwyntio at y soffa oedd yn y gegin. Wedyn, ar ôl i ni ista, dyma hi'n rhoi trê bob un i ni ar ein glinia a mynd i nôl myg mawr o de poeth bob un i ni a thamad anfarth o gacen sbwnj. Adre yn tŷ ni mi fasa'r tamad wedi cael ei dorri'n dri darn i ni.

Iesgob! Dyna'r baned a'r gacen sbwnj ora imi flasu erioed. Roedd 'na jam a hufen yn y canol. Pob dim 'di cael ei wneud adra. Roedd Dyl yn meddwl 'run fath â fi!

"Mrs Williams," medda fo, "dyma'r gacen neisia dwi 'rioed 'di gael!"

"A finna!" medda fi. "Blasus ofnadwy!"

"Dwi'n falch bo chi'n enjoio, hogie," medda mam Ieu. "Mi gewch chi damed i fynd adre fo chi hefyd."

"Diolch!" meddan ni'n dau efo'n gilydd.

"Dach chi'n gwbod be?" medda Dyl, fel ei fod o am ddeud rhwbath mawr iawn a oedd am newid y byd ...

"Be?" medda Ieu a mam Ieu a finna efo'n gilydd.

"Dwi 'di cael y banad a'r gacen ora erioed ac mae'r soffa 'ma mor gyfforddus mi faswn i'n gallu cysgu rŵan tan bore fory!"

"Wel," medda mam Ieu, "paid â chanmol gormod ar y soffa 'ma. Mae hi gynnon ni ers tipyn a dwi'n trio perswadio tad Ieuan 'ma i gael un newydd i ni."

"Mae hon yn braf iawn, Mrs Williams," medda finna, jyst â dechra pendwmpian o flaen y tân braf oedd yn clecian o 'mlaen i.

"Mi ddigwyddodd rhwbath rhyfadd efo'r soffa 'na," medda mam Ieu. "Dach chi'n gwbod y dudalen 'na ar y we, y peth Swap&Sell 'na?"

"Ia!" medda Dyl a finna a dal llygad ein gilydd am eiliad fach. O na! Be roedd hi am ei ddeud ...?

"Wel mi dries i werthu'r soffa yn reit rhad ar y wefan 'na, ynde. Do'n i ddim yn gofyn llawer, ryw hanner canpunt, neu'i chynnig hi am ddim i rywun fasa'n dod i'w nôl hi ..."

Mi sylwais i ar Dyl yn dechra styrian yn ei sedd ac yn edrych yn annifyr iawn.

"Be bynnag, mi ges i neges gas gan ryw ddynes yn

deud mai'r dymp oedd y lle i'r soffa ac y dylwn i dalu i rywun fynd â hi yno!"

Ro'n i isio chwerthin ond roedd mam Ieu mor glên efo ni fel nad o'n i isio edrych yn ddigywilydd. Roedd Ieu yn syllu i'r tân, wedi clywad y stori o'r blaen. Edrychais ar Dyl. Roedd o wedi troi'n goch fel tomato rŵan, a'i glustia fo'n goch goch hefyd.

"Wel, mae 'na bobol ddigwilydd," medda fi wrth fam Ieu.

"Oes wir," cytunodd mam Ieu, "digwilydd iawn iawn hefyd."

Dyl ydy'r un sydd yn gwbod be i ddeud fel arfer, ond y noson honno, doedd ganddo fo ddim geiria. Dyna'r tro cynta i fi weld Dyl yn methu gwbod be i'w ddeud.

Ond ar y ffordd adre yn y car, roedd o'n rowlio chwerthin eto a'i fam o'n gofyn i fi be ar y ddaear oedd yn bod. Roedd o 'di deud wrtha i am ista yn y ffrynt er mwyn iddo fo gael rowlio o gwmpas ar y sêt gefn! A'i fam o'n deud bod yn rhaid iddo wisgo'r gwregys a bod hi ddim isio dirwy wrth fynd drwy dre ...

"Callia, Dyl!" medda hi. "Gobeithio bod o ddim yn actio fel hyn o flaen Eirian!" medda hi wrtha i.

"Nagoedd!" medda fi. "Roedd o'n hogyn da!"

Bore Sul

Bore Sul oedd hi ac roedd fy ffôn yn pingio bob munud. Mi wnes i ateb dwy neges. Gan Lowri oedd y neges gynta ...

Ti 'di gwneud y gwaith osmosis?

Naddo, dim eto!

Nei 'di sgrinshotio fo i fi ar ôl ti wneud o plis?

Be am i ti ei sgrinshotio fo i fi ar ôl i ti ei wneud o, Lowri?!

Grrr

Wedyn, neges gan Dyl ...

Mae Deilwen yn mynd i'r *gym* pnawn 'ma. Ti'n dod?

Iawn Dyl, 4 o gloch?

4 amdani!

Mi gawson ni ginio dydd Sul neis iawn. Roedd Dad wedi helpu Mam i'w wneud o, medda fo. Roedd pawb yn reit hapus rownd y bwrdd bwyd eto, a Lisa yn bwyta bob dim ac yn canmol y llysiau organig 'ma. Dydy hi ddim yn gadael dim byd ar ôl rŵan, felly dydw i a Dad ddim yn cael dim byd sy dros ben ar ei phlât hi.

Roedd Dyl yn aros amdana i ar ben lôn am bedwar ar ei ben, ac wedyn dyma ni'n rhedeg draw i'r ganolfan hamdden i gynhesu a chael y gwaed i ddechra pwmpio. Ro'n i'n fy Air Force 1s a thracswt adidas, a Dyl yn ei Nike Flyknits a'i siorts ysgol a'i hwdi PUMA glas.

Dangoson ni ein cardia i'r ddynes newydd wrth y ddesg ac wedyn mynd am y *gym*. Fel roeddan ni wedi meddwl, roedd 'na dipyn o'r hogia dre, y robins goch, yna'n barod ond doedd dim golwg o Hercules.

"Dwi'n mynd i reidio beic i ddechra," medda fi.

"Iawn, yr hen fêt," medda Dyl. "Dwi am redeg 'chydig bach mwy," medda fo.

Roeddan ni'n dau wedi bod yn ymarfer am ryw bum munud ac yn dechra chwysu pan wthiodd rhywun y drysa yn reit galed, a phwy ddaeth i mewn oedd y boi mwstásh melyn, y triongl ben i lawr, Hercules.

"S'mai, hogia!" medda fo wrth Dyl a fi, a phasio heibio ni i fynd at yr hogia dre.

"Sma'i, genod!" medda fo wrthyn nhw i gyd.

"Iawn, Hyrc?" medda nhw i gyd fel parti cydadrodd.

Wedyn, roedd 'na ryw sibrwd mawr wrth i Hercules blygu i lawr i siarad efo'r lleill oedd yn ista ar yr offer codi pwysa. Trodd pawb eu clustia ato fo a gwneud rhyw wyneba difrifol iawn. Roeddan nhw'n edrych fel tîm pêl-droed yn cael sgwrs gan y capten cyn dechra chwarae gêm.

Ro'n i'n trio gwrando i gael gwbod be roeddan nhw'n ddeud, ond cododd Hercules ei ben yn sydyn, cael trafferth i sbio dros ei ysgwydd ac wedyn dechra'r hen sibrwd 'ma eto.

Sbonciodd Dyl oddi ar y peiriant rhedeg er ei fod o'n dal yn troi'n reit sydyn a dod ata i. Mi ddechreuodd o sibrwd wedyn yn fy nghlust i, yn union fel roedd Hercules yn ei wneud efo'r hogia dre.

"Tyd efo fi am funud," medda fo.

"Iawn," medda fi a dilyn Dyl i'r stiwdio, y stafell wrth ymyl efo drychau ar y waliau i gyd.

"Be t'isio?" gofynnais.

"Dwi 'di gweld trwy y boi Hercules 'na," medda Dyl.

"Be ti'n feddwl? Dwi'm yn dallt!" medda finna.

"Mae gynno fo'i *gym* ei hun. Pam bod o'n dod i fama?" medda Dyl.

"Sut dwi fod i wbod?" medda fi. "I gael newid bach?"

"Naci siŵr! Ti'n cofio'i eiria fo wrth ddeud ta-ra tro dwetha?"

"Be? Be ddwedodd o wrth yr hogia dre?"

"Ia."

"Rhwbath am ffordd haws?"

"Ia! Ti'n llygad dy le, yr hen fêt!" medda Dyl. "'Mae yna ffordd haws' oedd ei eiria fo."

"Dwi dal ddim yn dallt! Be ti'n fwydro?"

"Wel ... ffordd haws o gael mysls ... gwerthu steroids mae o, siŵr iawn!" medda Dyl.

Mi wnes i ddychryn pan ddwedodd Dyl hynna. Gwerthu steroids yn y *gym*? Mae o'n erbyn y gyfraith. Gallai Hercules fynd i'r jêl am werthu steroids!

Pan aethon ni 'nôl i'r *gym* roedd Hercules yn ei fest yng nghanol yr hogia dre yn dangos iddyn nhw sut oedd codi pwysa'n iawn, a rheiny'n gwrando'n astud ofnadwy arno. Roeddan nhw'n sbio'n ofalus iawn ar bob dim roedd o'n ei wneud.

Llenwodd Dyl a finna ein poteli dŵr i'r top a sbio'n slei i'w cyfeiriad nhw.

Cododd Hercules a sbio ar yr hogia dre yn trio gwneud yr un fath â fo. 'Run fath â fo ond efo pwysa 'chydig yn ysgafnach, siŵr iawn!

Wedyn, dyma fo'n rhoi ei hwdi amdano a gafael yn ei fag a deud, "Wela i chi wsnos nesa, genod."

Wrth fynd heibio i ni, mi stopiodd yn sydyn reit o'n blaena ni. Ro'n i'n gobeithio i'r nefoedd nad oedd o'n mynd i ofyn i ni ddangos iddo fo faint o bwysa roeddan ni'n gallu godi. Wnaeth o ddim, diolch byth! Be wnaeth o oedd mynd i'w bocad a rhoi cerdyn bach bob un i ni. Tebyg i gerdyn busnes.

"Croeso i chi'ch dau ddod draw i weld *gym* go iawn rywdro ... gewch chi ddod am ddim y tri tro cynta," a ffwrdd â fo, a gadael Dyl a finna'n sbio i lawr ar y cardiau bach oedd yn ein llaw:

Hogia bach! Roeddan ni newydd gael gwahoddiad i fynd i weld y *gym* newydd. Mi fasan ni'n cael mynd i'w gweld hi am ddim hefyd. Roedd hynny'n bwysig achos bod pawb yn deud bod y *gym* newydd yn y dre yn ddrud ofnadwy. Ond rŵan, roeddan ni'n nabod y boi oedd bia'r *gym* ac roedd o wedi deud y basan ni'n cael mynd yno unrhyw dro.

Un broblem oedd gynnon ni! Os oedd Dyl yn iawn, roedd ein 'ffrind' newydd ni'n ddyn drwg!

Bore Llun

Yn y gwasanaeth bore Llun mi ges i fy hun yn ista wrth ymyl Ricky Tripp eto. Roedd y gwasanaeth bron â gorffen ac ro'n i'n meddwl bod rhwbath yn bod efo Ricky. Y rheswm am hynny oedd bod Ricky yn arfer gollwng gwynt mawr drewllyd bob bore dydd Llun, a doedd o ddim wedi gwneud eto.

Mr Parry oedd wedi bod yn siarad efo ni ac yn dangos

lot o luniau o ryw wlad boeth lle roedd o 'di bod yn gwirfoddoli dros wyliau'r haf, yn helpu pobol y pentre i adeiladu ffynnon newydd i gael dŵr glân. Cyn i Mr Parry fynd yna roedd pobol y pentre yn gorfod cerdded dwy filltir i nôl dŵr.

"Dylan nhw symud i fyw yn nes at y siop!" medda Ricky'n ddistaw bach.

Beth bynnag, roedd Mr Parry wedi gorffen siarad a dyma Mr Foberts yn deud diolch ac yn dechra sôn am betha eraill. Dyna pryd wnaeth Ricky sibrwd yn fy nglust i eto, "Ricky Tripp let slip!"

"Diolch am y rhybudd!" medda fi, yn sbio am ymlaen rhag ofn i un o'r athrawon weld fy mod i'n siarad. Tynnais fy siwmper i fyny dros fy nhrwyn a chymryd anadl ddofn a hir iawn yn union fel petawn i am ddeifio a twtsiad gwaelod y pen dyfn ym mhwll nofio dre.

Plis, Mr Foberts, dowch â'r gwasanaeth i ben yn reit handi, medda fi wrtha i fy hun.

Diolch, Mr Foberts! Mi stopiodd o siarad a gofyn i ni fynd allan fesul rhes yn ddistaw. Lwcus! Mi wnes i allu symud oddi wrth Ricky a dal i ddal fy ngwynt. Druan o'r bobol y tu ôl iddo fo! Doeddan nhw ddim mor lwcus ond mi sgrialon nhw'n o handi pan ddaeth nwy Ricky tuag atyn nhw.

Sbiodd Ricky yn ôl arnyn nhw. Yr hogia yn dal eu trwyna a'r merched 'di cuddio'u hwyneba yn eu siwmperi. Gwenodd Ricky fel giât wrth weld y dinistr yr oedd o wedi'i achosi. Ges i'r syniad ei fod o'n debyg i beilot yr RAF yn gollwng bomia ar Hamburg neu Dreseden neu rwla yn yr Ail Ryfel Byd ac yn sbio'n ôl i edrych ar ei waith erchyll.

"Samosas neithiwr!" medda fo, a chwerthin dros y lle tra oedd pawb arall yn teimlo'n swp sâl.

Allan o'r nwy

Mi wellodd y diwrnod wrth fynd ymlaen. Mi wnes i a Ieu ddeall y gwaith yn Maths a chael pob un yn iawn. Pawb yn hapus!

Wedyn, yn Celf roedd Miss yn canmol faint o waith ro'n i 'di wneud ar yr ail uned. Doedd y sgetsys yn fy llyfr ddim cweit yn edrych fel ro'n i isio iddyn nhw edrych – dydyn nhw byth – ond roedd Miss yn gallu deud fy mod i wedi treulio dipyn o amser yn gweithio arnyn nhw.

"Wyt ti wedi meddwl mwy am y gystadleuaeth Nike 'ma?" gofynnodd hi.

"Dwi wedi meddwl lot," medda fi'n onest, "ond mae'n anodd."

"Wel mae gen i ffrind sydd efo ffrind sy'n nabod rywun sy 'di bod yn gweithio i gwmni Nike a Puma ac Asics," medda Miss Celf.

"Waw!" medda fi.

"Ie, waw!" medda Miss. "Ac mae o wedi bod i bencadlys Nike yn Oregon hefyd. Roedd o'n cynllunio dillad a phetha rhedeg ..."

"Job neis iawn!" medda fi, yn llawn cenfigen. "Ydy o'n dal i weithio yn yr Almaen neu yn America?"

"Nac ydy," medda Miss. "Byw yn Llundain rŵan, dwi'n meddwl."

"O!" medda fi, ddim yn siŵr be i'w ddeud nesa.

"Meddwl ro'n i y basa fo'n gallu dy helpu di 'chydig bach ... dwi'n siŵr y basa fo'n fodlon cael sgwrs efo ti."

"Mae Llunden yn bell i Dad fynd â fi yn y fan," medda fi.

"Sgwrs ar y ffôn, falle," medda Miss, yn gwenu. "Neu alwad fideo."

"Diolch yn fawr," medda fi. Iesgob! "Mi faswn i'n ddiolchgar iawn achos mae'r dyddiad cau mewn 'chydig wythnosau."

"Iawn 'te! Ga i weld i be alla i wneud."

Mynd i weldio …

Lwcus bod ni 'di bod ar fferm Ieu dydd Sadwrn! Roeddan ni'n dechre colli nabod ar Ieu yn ysgol. Bob amser cinio roedd o'n mynd i wneud rhwbath yn y lle DT a doedd o ddim yn dod allan ar y caeau efo ni ar ôl sglaffio'i ginio ysgol. Roedd bob dim roedd Ieu yn ei wneud amser cinio'n gorffen efo 'o'. Petha fel … 'llifio', 'hoelio', 'sandio', 'gludo', 'weldio' a 'sgriwio'.

Aeth Dyl a finna allan ar y cae. Mi fuon ni'n gwylio Lowri a Siân a rheina'n chwarae hoci am 'chydig cyn dilyn ein trwyna am y goeden 4G. Doedd dim golwg o ferched bach 7 ac 8 sy'n arfer bod wrth y goeden fel rhyw dylwyth teg.

Roedd gen i awydd sbio ar y lle Nike yn Oregon lle roedd ffrind ffrind Miss Celf wedi bod yn gweithio, ond roedd gan Dyl – sori, Deilwen – syniadau eraill, siŵr iawn!

"Rhaid i ti weld yr un yma," medda Dyl wrtha i.

"Be? Ti heb ddysgu dy wers ers y busnes 'na efo soffa mam Ieu?" medda fi.

"Soffa? Be? O, naddo!" medda Dyl yn sgrolio lawr

drwy dudalennau Swap&Sell.

"Dyma fo!" medda Dyl.

"Be rŵan?" gofynnais, yn edrych ar ffôn Dyl.

Roedd yna rywun yn trio gwerthu Volvo C30 du. Roedd o'n R-design sport 2008, 2.4 disyl. Neis iawn deud y gwir, ond roedd o 'di gwneud 150,000 o filltiroedd. Roeddan nhw isio £4000 am y car. 5 mis o MOT ar ôl.

Roedd o'n swnio fel car da ond roeddan nhw'n gofyn dipyn amdano fo, o feddwl ei fod o dros ddeg oed.

> £4000 am y siarabang yna? Betia i fod o wedi mynd rownd y cloc!
>
> Like   Reply

Dyna be oedd Dyl 'di sgwennu dan y llun.

Ges i ryw deimlad yr adeg yna fod Deilwen yn mynd i fynd i drwbwl am hyn ryw ddiwrnod.

Lloyd ddim isio panad

Ar ôl dwbl Saesneg drwy'r pnawn ro'n i'n cerdded yn fân ac yn fuan am adra, ond slofais i lawr pan weles i Corsa Lloyd 'di parcio o flaen tŷ. *Be oedd hwn isio eto?* gofynnais i fi fy hun.

Mi agorais i'r drws ffrynt a'i gau o'n ddistaw bach, wedyn mynd am y gegin i wneud tost a diod o lefrith i fi'n hun heb wneud sŵn o gwbl. Heb 'siw na miw' fasa Miss Elias yn ei ddeud. Ro'n i'n gwneud bob dim yn ddistaw bach yn lle bod Lloyd yn dod lawr grisia a mynnu 'mod i'n gwneud panad iddo fo a Lisa.

Mi gofies i'n sydyn fod yna damad mawr o'r gacen

roedd mam Ieu wedi'i rhoi i ni yn dal yn y tin coch. Y gacen sbwnj efo jam a hufen neis tu mewn iddi. Briliant! Y gacen ora yn y byd! Jyst y peth ar ôl bod yn yr ysgol drwy'r dydd, medda fi wrtha i fy hun.

Wrthi'n agor y tin ro'n i pan agorodd y drws yn sydyn a daeth llais yn chwerthin fel dyn drwg mewn pantomeim y tu ôl imi ...

"Ha ha ha! Rhy hwyr, mwnci!"

Fan'na roedd Lloyd yn sefyll ac yn dal ei ben yn ôl er mwyn stwffio tamad lot rhy fawr o'r gacen i'w geg.

Mi gerddes i ato fo a rhoi clec dan ei ên o. Mi aeth o mewn slo mo drwy'r awyr a mynd yn glewt yn erbyn wal y lle teledu. Mi hitiodd cefn ei ben mor galed nes roedd yna dolc mawr yn y wal a sleidiodd Lloyd i lawr y wal a gorwedd ar

76

lawr wedi cael KO. Roedd ei geg o'n dal yn llawn o'r gacen sbwnj neisia erioed.

Wel, dyna be o'n i isio i ddigwydd. Beth ddigwyddodd go iawn oedd fy mod i wedi'i anwybyddu fo. Wedyn, rhoi menyn ar fy nhost, gafael yn fy llefrith a mynd fel siot i fyny grisia i fy llofft.

"Lloyd ..." medda Lisa, yn meddwl mai fo oedd ar ben y grisia tu allan i'w llofft hi. Roedd ei drws hi'n gilagored.

"Ti'n gwbod be, fydd rhaid i fi ddeud ..."

"Deud be?" gofynnais, a sbio drwy gil y drws yn sydyn.

"Ers pryd ti adra?" medda Lisa, wedi cael sioc ofnadwy, gan neidio'n sydyn i fyny oddi ar ei gwely. Roedd hi'n trio cuddio rhwbath yn ei llaw y tu ôl i'w chefn.

"Ers rhyw bum munud," medda fi. "Be sy'n bod?"

"Dim byd," medda Lisa wedi dychryn.

"Be ti'n guddio tu ôl dy gefn 'ta?" gofynnais.

CACEN!

"Rhwbath sydd ddim o dy fusnes di," medda llais Lloyd y tu ôl imi eto. Roedd o 'di dod i fyny'r grisia yn go sydyn ar ôl ein clywad ni'n siarad.

"Gest *ti* damad o gacen gan Lloyd?" medda fi.

"Pa gacen?" medda Lisa.

Roedd o 'di bwyta'r cwbl lot ei hun. Sbiodd o lawr ar ei Vans du a gwyn. Roedd o'n edrych ychydig bach bach yn euog. Wnes i erioed feddwl y baswn i'n gallu gwneud i Lloyd deimlo'n annifyr. Da iawn fi, medda fi wrtha i fy hun! Hen ddiawl hunanol yn bwyta cacen mam Ieu i gyd ei hun. Es i fy llofft a chau drws.

Pendroni

Ar ôl cau drws do'n i'n methu'n lân â pheidio meddwl am Lisa. Be oedd yn bod efo hi? Pam ei bod hi'n crio? Be oedd yn rhaid iddi hi ei *ddeud*?

Ro'n i isio siarad efo rhywun fasa'n deall be oedd yn bod efo Lisa. Roedd yn rhaid imi siarad efo rywun call. Roedd hynny'n golygu fod yn rhaid i fi siarad efo merch!

Roedd gen i ddau ddewis. Gwendoline oedd yr un y dylwn i siarad efo hi ond efo Lowri ro'n i isio siarad. A dyna pryd wnes i sylweddoli rhwbath. Mae'n rhaid bod Lowri'n meddwl mwy i mi na Gwendoline.

Yfais fy llaeth yn sydyn, recordio neges i Lowri a'i hanfon yn syth bin, fel hyn ...

Lowri! Ti'n iawn? Ga i siarad efo ti nes 'mlaen?

Fel arfer ma Lowri'n hanner byw ar ei ffôn ond doedd hi ddim yna pan o'n i isio hi rŵan. Gorweddais ar fy ngwely a sbio fyny ar yr awyr drwy ffenast y to a meddwl am fy nhost. Roedd o'n oer ac yn galed.

"Helô!" medda Mam

"Helô!" medda Mam yn dod i'r tŷ ar ôl gwaith.

"Helô!" medda finna, ddim yn ddigon uchel iddi glywad yn iawn.

Crynodd y ffôn. Daeth wyneb Lowri i'r golwg. Llygaid bywiog a gwallt gola'n bownsio i bob man.

Ti'n iawn? Swnio'n siriys! Isio help efo Hanes w't ti?
Naci! Isio siarad.
Am be?
Am ... Lisa
Lisa Lovebites?
Naci! Dim honna! Lisa'n chwaer!
O!
Fedra i ddim siarad rŵan. Rhag ofn bod hi a Lloyd yn clywad be dwi'n ddeud.
O! Iawn ta! T'isio dod draw?
Wel ... t'isio cwrdd yn dre?
Coffi-r-us am 7?
Gweld ti yna.

Un dda oedd Lowri! Chwara teg iddi wir. Nid pawb fasa mor barod i ddod i 'nghyfarfod i ar fyr rybudd fel 'na.

Mi wnes i fwyta'n swpar, tatws caws a nionyn, yn sydyn a deud wrth Mam 'mod i am fynd i gyfarfod Dyl.

"Mynd i'r *gym* ydach chi eto?" gofynnodd Mam.

"Naci," medda fi. "Isio help efo Biol dwi. Prawf system dreulio gynnon ni."

"Camdreuliad gei di'n byta mor sydyn!" medda Mam.

Do'n i ddim yn licio deud celwydd wrth Mam ond ryw gelwydd gola oedd hwn, celwydd gola oedd yn sbario gorfod deud y stori i gyd, siŵr iawn.

Wrth i mi fynd allan drwy drws, pwy oedd yn troi mewn yn fan gwaith oedd Dad.

"Lle ti'n mynd, mwsh?" medda fo.

"I weld Dyl," medda fi, "rhwbath efo gwaith Biol."

"O 'na fo. Wela i di wedyn!"

"Pam bo ti'n hwyr?"

"Codon ni dri tyrbin pnawn 'ma!"

Mi wnes i gerdded yn sydyn sydyn i'r caffi a chyrraedd yna mewn 9 munud a 52 eiliad. Roedd hi'n reit ddistaw yn y dre adeg honno o'r nos, a dim ond rhyw ddwy hen wraig oedd yn y caffi yn ista yn yfed eu coffis a bwyta sgons.

Boi'r caffi oedd yna. Pan welodd o fi mi ddyfalodd o be ro'n i isio ...

"Sosej rôl a diod o lefrith i ti 'de! Dwi'n iawn?" medda fo.

"Spot on!" medda fi. "A rhwbath i fy ffrind pan mae hi'n cyrraedd plis."

Do'n i heb fod yn y caffi yma efo Lowri erstalwm iawn. Ro'n i'n cofio'n iawn lle roeddan ni wedi ista erstalwm i gael diod a fflapjac bob un, fflapjac fel stepan drws. Roeddan ni wedi ista ochr yn ochr fel rydan ni'n ista yn 'rysgol er mwyn i ni gael edrych ar betha ar y ffôn. Edrych ar drenyrs wnaethon ni ma' siŵr!

"Sori bo fi'n hwyr!" medda Lowri, yn brysio i mewn ac yn ista ochr arall y bwrdd rŵan, dim fel o'r blaen.

"Ma'n iawn," medda fi. "Deud be wyt t'isio."

"*Latte* mawr, plis," medda Lowri wrth foi'r caffi.

"Rhwbath i fyta?"

"Dim diolch!"

Rhoddodd boi'r caffi ei lyfr bach a'i bensal yn ôl yn ei bocad a mynd i'r cefn.

"Diolch am ddod," medda fi wrth Lowri.

"Iawn, siŵr," medda hi. "Be sy'n bod? Ti ddim yn poeni am y gystadleuaeth Nike 'ma wyt ti?"

"Nachdw, siŵr!" medda fi, "Wel ... yndw deud y gwir, ond dwi'n poeni mwy am rwbath arall."

"Be, dwad?"

"Poeni am Lisa dwi. Ond paid â deud wrth neb!"

"Wna i ddim! Be sy'n bod efo Lisa?"

"Dwn i'm. Sgin i ddim syniad!"

"Be? Actio'n rhyfadd ma hi?"

"Ia. Doedd hi ddim isio mynd i'r coleg nyrsio. 'Di ddim isio mynd i'r caffi i wneud ei gwaith. Wnaeth hi grio wrth bwr' bwyd o flaen Dad a Mam. A ..."

"Crio o flaen pawb?" medda Lowri

"Do!"

"Biti drosti!" medda Lowri.

"Ond y peth ola ydy bod hi'n deud wrth Lloyd fod yn rhaid iddi hi ddeud rhwbath ..."

"Deud be?"

"Wel dyna dwi ddim yn wbod, Lowri."

Daeth *latte* Lowri mewn gwydryn tal ac roedd o'n edrych yn neis. Rhoddodd hi 'chydig bach o siwgr ynddo fo a'i droi o efo'r llwy hir 'na dach chi'n gael mewn caffis. Rhoddodd y llwy yn ei cheg ac wedyn ei rhoi ar ei soser. Roedd hi'n edrych yn ddel ofnadwy wrth wneud hyn.

"O BYTTT!" medda hi, fel petai'n siarad efo rhyw hogyn bach a rhoi ei llaw hi dros fy llaw i a rhoi ei llaw arall hi dros ei cheg.

"Dwi'n meddwl 'mod i'n gwbod be sy'n bod."

"Be?" medda fi. "Deud wrtha i, plis!"

"Dwi'n sori deud hyn wrthat ti ond ..."

"Jyst deud, Lowri ... plis."

"Iawn ond y ..."

"Plis deud ..."

"Iawn ... ond ... falle bod Lisa'n disgwyl babi."

Ges i gymaint o sioc mi godis i fy nwylo'n sydyn a'u rhoi ar dop fy mhen. Wedyn difaru achos ro'n i'n hoffi cael llaw Lowri ar ben fy llaw i.

"Lisa? Babi?" medda fi, yn sbio o gwmpas rhag ofn fod rhywun yn gwrando.

"Dyna dwi'n feddwl!" medda Lowri'n reit bendant.

"Paid â malu ca—!" medda fi, heb feddwl i hynna ddod allan mor gas. Ddim isio coelio be roedd Lowri newydd ei ddeud o'n i, siŵr iawn.

"Wel, dyna dwi'n feddwl! Be arall fasa fo'n gallu bod?"

Iesgob! Mwyaf ro'n i'n feddwl am y peth, mwyaf roedd beth oedd Lowri wedi'i ddeud yn swnio fel y gwir.

Edrychais i lawr ar hanner fy sosej rôl. Am y tro cynta yn fy mywyd do'n i ddim isio tamed arall. Edrychodd Lowri arna i a'i llygaid yn llawn cydymdeimlad. Mi gododd ac ro'n i'n meddwl ei bod hi am fynd allan ond be wnaeth hi oedd dod i ista ataf fi a gafael yndda i'n dynn.

Pan deimlais freichia Lowri amdana i mi ro'n i isio crio. Roedd teimlo gwres corff rhywun arall yn rhyfadd. Mi ddwedes i wrtha i fy hun am beidio bod yn wirion. Do'n i ddim isio i Lowri fy ngweld i'n crio.

"Ma'n iawn ... ma'n iawn," medda hi, yn rhwbio fy nghefn i a dyma hi'n rhoi sws i fi ar dop fy mhen. Dim

SoSEJ RÔL

sws cariadon oedd hi ond sws fel fasach chi'n gael gan eich mam neu'ch nain ar eich penblwydd.

Mi wnes i droi at Lowri a gafael yn ôl ynddi hi.

"T'isio gorffen fy sosej rôl i?" medda fi.

"Geith Cynffon honna," medda hi a chwerthin.

Mi dalais i am bob dim a doedd o ddim yn rhy ddrud, llai na phum punt.

Daeth Citroen DS3 gwyn a phinc mam Lowri i'w chasglu ac mi sefais yna a phlygu i lawr i ddeud *helô* wedyn *ta-ta* wrth fam Lowri, a deud diolch wrth Lowri am ddod. Roedd darnau o ffrynt y car tu mewn hefyd yn binc.

Mi gerddais adra yn slo bach. Mi gymeres i 18 munud i gyrraedd tŷ achos ro'n i'n llusgo fy nhraed. Roedd Lowri 'di deud na fasa hi'n deud dim byd am Lisa wrth neb.

Lisa yn disgwyl babi bach? Roedd fy mhen i'n troi.

'Nôl yn tŷ, mi waeddais helô dros y lle a mynd yn syth i fy llofft. Roedd Miss Elias Cymraeg wedi gofyn i ni hel gwybodaeth ar y daflen. Gwybodaeth am be roeddan ni am siarad amdano erbyn y wers bore wedyn. Dechra paratoi ar gyfer siarad am bum munud roeddan ni. Dim ond 'chydig o dop y daflen ro'n i wedi'i llenwi. Doedd hynna ddim yn yn mynd i bara mwy na rhyw 40 eiliad o siarad, a hynny os baswn i'n siarad yn ara deg a deud 'ymm' o hyd!

Trio anghofio am bob dim

Ro'n i am gadw'n brysur. Dyna oedd yr ateb! Ro'n i am gladdu fy hun yn y gwaith ysgol er mwyn anghofio am bob dim arall.

Edrych i hanes Nike o'n i am ei wneud. Darllen bob dim fedrwn i ei ffendio am y cwmni ac am y boi oedd wedi dechra'r cwmni. Boi o'r enw Phil Knight. Ro'n i'n gwbod mai fo oedd wedi dechra'r cwmni ac ro'n i'n gwbod mai Nike ydy'r cwmni trenyrs mwyaf yn y byd erbyn hyn, gwerth biliynau o bunnoedd. Ma nhw'n gwneud mwy o bres nag adidas. Roedd angen imi ffendio lot mwy o wybodaeth na hynna. A dyna wnes i!

Pan oedd Phil Knight yn ifanc, wel, yn ddau ddeg pedwar oed, mi gafodd o *syniad gwallgof*. Wel, dyna be roedd o yn ei alw fo. Roedd o'n cael syniada wrth fynd i redeg yn y bore. Roedd o wrth ei fodd yn rhedeg ac roedd o'n rhedeg i dîm y coleg a ballu yn Oregon.

Roedd ganddo fo'r syniad 'ma ei fod o isio bod yn llwyddiannus. Roedd ganddo fo'r teimlad cryf iawn 'ma fod ein bywyda ni'n fyr, mor fyr â jog bach yn y bore, a'n bod ni ddim wir yn gwbod pa mor fyr ydy ein bywyda ni.

Mae'r syniad yna, bod bywyd mor fyr, yn reit rhyfadd i fi, am fy mod i'n ifanc ma'n siŵr, a 'mywyd i o fy mlaen i'n un antur fawr liwgar. A hefyd, mae rhai dyddia yn 'rysgol yn gallu llusgo, ma nhw'n teimlo'n hir hir. Dydyn nhw ddim yn fyr o gwbl!

Ond roedd y boi Nike 'ma, Phil Knight, isio i'w fywyd o fod yn wahanol, isio'i fywyd o fod yn werth chweil. Roedd o isio gadael ei farc ar y byd – isio ennill! Ma'n siŵr fod pawb isio hynny, yn tyden. Does 'na neb isio colli, yn nac oes!

Be bynnag, tra oedd o'n rhedeg un bore mi ddalltodd o'n sydyn beth roedd o isio o'i fywyd. Roedd o isio chwarae! Iddo fo, roedd bywyd yn gêm ac os nad ydach chi'n fodlon chwara'r gêm yna rydach chi'n mynd i gael eich gadael ar ôl. Does yna neb isio cael ei adael ar ôl, yn nac oes!

Y syniad gwallgof gafodd o yn 1962 oedd creu sgidia rhedeg a chael nhw wedi'u gwneud yn Japan achos bod nhw'n rhad i'w gwneud yno. Mi aeth o rownd y byd hefyd, a gweithio am 'chydig yn Hawaii cyn mynd i Japan a rownd Ewrop. Ei hoff le oedd Gwlad Groeg achos yn fan'no mae Athen ac yn Athen y gwelodd o deml Nike. Duwies buddugoliaeth. Mi wnaeth yr enw aros efo fo am yn hir. Roedd o'n cofio rhwbath am ryw ddrama oedd wedi'i gosod yn nheml Nike lle mae'r rhyfelwr yn rhoi anrheg o esgidiau newydd i'r brenin.

Ond 'nôl adra, pan ddwedodd o ei fod o'n mynd i Japan, doedd ei nain o ddim yn hapus. Roedd hi'n cofio am Pearl Harbour pan fomiodd Japan longau rhyfel America yn hollol ddirybudd. Roedd gan ei nain o ofn y byddai'r *Japanese* yn ei garcharu o ac yn tynnu'i lygaid o allan. Roedd hi'n deud bod y *Japanese* heb golli rhyfel ers 2600 o flynyddoedd!

Ond mynd i Japan wnaeth Phil Knight a chyrraedd Tokyo. Prif ddinas Japan ydy Tokyo, ynde. Wrth fynd yn y tacsi yn y nos roedd o'n mynd heibio adeiladau ond wedyn roedd o'n gweld fod yna lawer o lefydd tywyll iawn heb adeiladau o gwbl. Roedd y rhannau yma o'r ddinas wedi cael eu dinistrio gan B-29 Bombers Superfortresses wnaeth ollwng 750,000 pwys o fomiau tân ac olew ar un o ddinasoedd hynaf y byd.

Cafodd tua 300,000 o bobol eu lladd, bedair gwaith yn fwy nag y cafodd eu lladd yn Hiroshima. Cafodd dros filiwn o bobol eu brifo'n ddrwg. Roedd bron i 80% o adeiladau wedi'u dinistrio'n llwyr. Adeiladau pren oedden nhw.

Doedd 'na ddim gwerth o bobol wyn o gwmpas y lle ond mi ffendiodd Phil gwmni i wneud ei sgidia rhedeg.

Nid Nike oedd enw'r trenyrs yma ond Tiger. Roeddan nhw'n cael eu gwneud gan Onitsuka Co. yn Kobe, dinas fwyaf de Japan. Roedd y ffatri'n gwneud 15,000 pâr o drenyrs bob mis. Roedd Phil Knight wedyn am gael Tigers i siopa America a'u gwerthu yn rhatach na threnyrs adidas – *yndyrcytio* ma nhw'n galw hyn!

Felly, Tigers oedd enw'r trenyrs roedd o'n werthu i ddechra ac roeddan nhw'n cael eu gwneud yn Japan.

Fel ddwedes i o'r blaen, roedd Phil Knight yn licio rhedeg OND roedd ganddo fo ffrind da iawn. Ffrind oedd yn ei helpu fo i wneud trenyrs oedd yn dda i redeg ynddyn nhw. William Jay Bowerman oedd ei enw fo ac roedd o'n hyfforddwr rhedeg tîm Olympics America. Roedd o'n trio'r sgidia 'ma ac yn ychwanegu mwy o rybyr fan hyn a fan arall a trio gwella'r sgidia o hyd. Mi driodd o wneud trenyrs efo lledr cangarw un tro.

Blue Ribbon oedd enw'r cwmni i ddechra ac mi fuodd y ddau yn gwerthu Tigers am ryw wyth mlynedd. O'r lluniau dwi 'di weld, mae Tigers yn debyg i Asics heddiw, efo dwy linell yn croesi ei gilydd.

Haleliwia! Dwi'n siŵr bod hynna'n ddigon o wybodaeth i Miss Elias Cymraeg, rhag ofn iddi ofyn i ni ddeud rhwbath yn y wers nesa.

Wythnos yn fflio

Mi ffliodd yr wythnos heibio yn 'rysgol. Roedd yn gwneud imi feddwl fod bywyd *yn* fyr! Digwyddodd 'na ddim byd arbennig iawn tan y dydd Gwener.

Digwyddodd dau beth ar y dydd Gwener do'n i ddim wedi disgwyl iddyn nhw ddigwydd. Y peth cynta oedd bod Iosef ac Ezra, y bois o'r hen garej, wedi dod i'r ysgol yn y bore. Ges i sgwrs sydyn efo nhw – wel, deud helô – tu allan i'r swyddfa. Aros eu tro roeddan nhw i weld y prifathro, ma'n rhaid.

Ro'n i'n meddwl ella fod gan un ohonyn nhw blentyn yn dod i Flwyddyn Saith flwyddyn nesa. Ond na! Y rheswm roedd o yn yr ysgol oedd bod Ezra yn mynd i ddechra yn 'rysgol ar ôl hanner tymor. Ezra! Ysgol! Yr un oed â fi ydy o ond ei fod o'n edrych yn lot hynach. Ro'n i'n meddwl ei fod o'n tua dau ddeg pump oed! Fo fydd yr unig ddisgybl efo barf! Felly, mi fydd fy mòs i ar fore dydd Sadwrn yn cael gwersi efo fi ar ôl hanner tymor! Be nesa?

Ezra yn sôn am gychwyn yn 'rysgol oedd y peth cynta ddigwyddodd ar y dydd Gwener. Y peth arall ddigwyddodd oedd bod Dyl a finna wedi penderfynu mynd i *Gym* Hercules ar y nos Wener. Tad Dyl aeth â ni yno i'r stad ddiwydiannol. Rhif 10.

"Wela i chi mewn rhyw awran," medda tad Dyl, a "Byhafiwch!"

Roedd *Gym* Hercules yn edrych yn dda o'r tu allan. Sgwennu mawr steil gwlad Groeg yn deud *GYM HERCULES* a golau neon glas y tu ôl i bob llythyren. Roedd o'n edrych lot gwell na'r adeiladau eraill oedd yna achos fod ganddo fo bileri Groegaidd ar hyd y ffrynt yn edrych fel rhwbath o wlad Groeg. Tapiais i un ohonyn nhw efo fy mys, a chael siom mai plastig oedd o!

Aethon ni mewn drwy'r drws troi-rownd-a-rownd a dyna lle roedd y ddynas tu ôl i'r ddesg yn gwisgo toga! Ac roedd ganddi ddail gwyrdd fel sy gynnon nhw yn yr Olympics ar dop ei phen!

"Su'mai, fechgyn!" medda hi wrtha i a Dyl. "Ga i'ch helpu chi?"

"'Di dod i'r *gym* ydan ni," medda Dyl. "Mi ddwedodd Hercules bod croeso i ni ddod yma dair gwaith am ddim ..."

"A! Wela i!" medda'r ddynas mewn toga. "Croeso i chi i *Gym* Hercules," medda hi. "Roddodd o gardia bach i chi?"

"Do tad!" medda Dyl a finna efo'n gilydd a dangos y cerdyn bach i'r ddynas yn syth bin achos roeddan nhw'n barod yn llaw y ddau ohonan ni.

"Diolch," medda hi, a dod o'r tu ôl i'r ddesg.

"Aphrodite ydw i, gwraig Hercules, mi wna i ddangos o gwmpas y lle i chi rŵan."

Sbiodd Dyl a finna ar ein gilydd isio chwerthin! Aphrodite wir! Roedd hi'n edrych fwy fel Delyth neu Siân neu Gemma i ni!

Mi ddilynon ni Aphrodite yn ei thoga gwyn a'i sandalau brown i fyny'r grisia lle roedd murluniau o dduwiau o wlad Groeg ar hyd y waliau, a mewn â ni drwy'r drws gwyn *marble effect* i'r *gym* oedd yn lot mwy na *gym* dre, a'r peiriannau yn edrych yn newydd sbon i gyd.

"Waw!" medda Dyl a finna.

"Neis, dydy!" medda Aphrodite "Gwnewch chi'ch dau yn siŵr fod eich trenyrs chi'n lân cyn dod mewn 'ma, iawn?"

"Iawn!" medda ni'n dau.

"Dach chi 'di arfer efo bob dim sy 'ma, dwi'n siŵr," medda hi. "Ond mae'r toiledau trwadd yn y cefn i'r dde yn fan'cw a'r lle newid i'r chwith. Ma tywelion gwyn i chi eu benthyg ond rhaid i chi roi nhw yn y fasged ar y ffor' allan neu mi fydd 'na le yma!"

"Iawn!" medda Dyl a finna eto.

"Dydy Hercules ddim yma heno 'ma," medda hi, "ond mi fydd o yma nos Wener nesa. Dowch at y ddesg os ydach chi isio rhwbath. Mae Apollo ac Adonis yn gweithio heno. Ma nhw'n mopio'r stafelloed newid ar y funud. Cofiwch ofyn os ydach chi isio rhwbath."

"Diolch," meddan ni'n dau a sbio ar ein gilydd isio chwerthin!

Apollo ac Adonis? Pwy ddiawl ...?

Yn sydyn, daeth 'na dipyn o sŵn bwcedi dŵr ac ogla disinffectant mawr wrth i ddau foi mewn togas gwyn a dail gwyrdd yn eu gwalltia ddod allan o'r lle newid. Roedd ganddyn nhw feltia lliw aur am eu canol.

"Sbia pwy ydyn nhw!" medda Dyl

"Apollo ac Adonis!" medda fi.

"'Dan ni'n nabod y ddau!" medda Dyl, yn chwerthin yn ei lawes.

Mi sbïais i'n fwy gofalus ac wedyn cael sioc a hanner. Gareth Fuzz a Wyn Wiyrd oeddan nhw! Dau foi oedd 'di gadael 'rysgol ers dwy flynadd ond roeddan nhw wedi newid lot achos bo' ganddyn nhw fysls rŵan a lliw haul.

"Iesgob," medda fi wrth Dyl. "Pwy 'sa'n meddwl eu bod nhw 'di newid cymaint!"

"Ia," medda Dyl, "faswn i ddim yn dwyn eu *chips* nhw rŵan fel o'n i'n wneud amser cinio yn 'rysgol ertalwm."

"Ha! Na finna! No we!" medda fi. "A faswn i ddim yn eu galw nhw'n enwa chwaith," medda fi, wrth dynnu fy nhrowsus tracsiwt i ffwrdd dros fy nhrenyrs.

Ro'n i'n cofio Gareth Fuzz a Wyn Wiyrd yn iawn. Roeddan nhw'n cael eu bwlio gan yr hogia oedd yn hŷn na nhw. Doedd hynny ddim yn beth da, ond y broblem fwyaf oedd eu bod nhw'n cael eu bwlio gan yr hogia iau na nhw hefyd. Doedd hynny ddim yn dda o gwbl! Does 'na neb isio hynna!

Y prif reswm eu bod nhw'n cael amser caled yn 'rysgol oedd eu bod nhw'n gwisgo eu cotia drwy'r amser i fynd allan amser chwarae! Pan oedd hi'n dywydd braf a phan oedd hi'n dywydd oer. Dim ond nhw o'r holl hogia yn yr ysgol oedd yn gwisgo eu cotia bob amser chwarae! Roedd hi'n gorfod bod yn -35 ac yn eira mawr a phengwins ar iard yr ysgol cyn bo'r hogia eraill yn gwisgo eu cotia!

Ond dim jyst hynny! Roedd pawb yn gwbod am y rota oedd ganddyn nhw. Rota nôl cotia! Un wythnos, Gareth Fuzz oedd yn nôl y cotia, a'r wsnos wedyn, Wyn Wiyrd oedd yn eu nôl nhw!

Byddai'r hogia wedyn yn tynnu eu coesa nhw ac yn gwneud llais fel Mam,

"Pwy sy'n nôl y cotia wsnos yma?" neu "Mae'n oerrrr! Ma isio côt!"

Neu "Cofiwch eich cotia! Niwmonia gewch chi!"

Druan ohonyn nhw adeg honno! Ond rŵan roedd ganddyn nhw jobsys yn *Gym* Hercules ac roeddan nhw'n edrych yn rêl bois, er eu bod nhw'n gorfod gwisgo togas. A sandals brown! O leia roedd hi'n ddigon cynnas yna i sbario gorfod gwisgo côt!

Ddwedon nhw ddim byd wrthan ni, ond roeddan nhw'n rhyw siarad mewn sibrydion efo pawb arall oedd yn y *gym*. Wel, yr hogia a'r dynion i gyd. Tybad am be roeddan nhw'n sôn? Dwi'n siŵr eu bod nhw'n rhoi cardia bach i bawb hefyd, cardia bach melyn fel gawson ni gan Hercules pan ddaeth o i *gym* dre. Er, cardiau bach gwyn oedd Hercules 'di roi i ni.

Be oedd yn ddoniol oedd gweld y ddau yn sgrialu pan roedd Aphrodite yn dod i mewn! Roeddan nhw'n stopio siarad, yn cuddio'r cardia bach ac yn actio'n brysur. Cario 'mlaen i lanhau er bod y lle yn ddigon glân ac yn sgleinio'n barod!

Ond ddaethon nhw ddim yn agos at Dyl a fi. Mi wnaethon nhw ein hosgoi ni'n llwyr.

Mi wnaeth Dyl a finna dipyn o godi pwysa a chwysu, wedyn cymryd lliain gwyn tew bob un a mynd i gael cawod. Roedd yna sebon am ddim yna hefyd. Iesgob! Lle da oedd *Gym* Hercules.

"Lle ydach chi 'di bod mor hir?" medda tad Dyl wrthan ni ar y ffordd adra.

"Cael croeso mawr wnaethon ni!" medda Dyl.

"Mae 'na ogla da iawn arnach chi, be bynnag!" medda tad Dyl. "Finna'n meddwl mai ogla chwys fasa yn y car 'ma ar ôl i chi fod yn y *gym*!"

"Wnaethon ni folchi ar ôl chwysu!" medda Dyl.

"Wela i!" medda tad Dyl.

Mi gychwynodd tad Dyl y car a dechra mynd dow dow i lawr y ffordd a rownd gornel allan o'r Stad Ddiwydiannol. Er ei bod hi'n reit dywyll yna, mi welish i ryw gerdyn bach melyn ar ochr y ffordd, un o gardia Apollo ac Adonis oedd o, ro'n i'n reit siŵr ...

"Dach chi'n meindio stopio'r car plis?" medda fi wrth Dad Dyl.

"Iawn BYT!" medda fo a brecio. "'Di anghofio rhwbath w't ti?"

"Naci!" medda fi, ac agor drws y car i redeg yn ôl at lle roedd y cerdyn ar ochr y ffordd."

"Be mae o'n wneud, Dyl?" gofynnodd tad Dyl wrth i mi ddod yn ôl at y car, a dyma fi'n deud,

"Meddwl 'mod i 'di gweld papur degpunt ar ochr lôn o'n i!"

"Dim dyna oedd o'n diwedd?" gofynnodd Dyl.

"Naci! Sori!" medda fi. "Ond roedd o'n edrych yn debyg ofnadwy!"

"Gawn ni fynd am adra rŵan 'ta plis?" medda tad Dyl a gwenu.

"Awê!" medda Dyl, fel petai ei dad o am fynd fel melltan, ond mynd yn slo bach eto wnaeth tad Dyl!

Mi es i'n syth am fy llofft i edrych ar y cerdyn bach melyn. Ro'n i'n methu credu'r peth!

Lloyd yn ddistaw fel llygoden

Roedd hi'n ddydd Sadwrn diwrnod wedyn. Dydd Sadwrn drwy'r dydd! Roedd Dad 'di mynd i weithio ar y tyrbins newydd a Mam 'di mynd i siopa bwyd. Do'n i ddim isio codi, jyst aros yn fy ngwely yn gynnas braf. Ond daeth 'na gnoc ar y drws. Dim drws llofft ond drws ffrynt y tŷ.

"Mae 'na rywun yn drws!" medda Lisa, yn gweiddi o'i gwely.

"Dwi'n gwbod!" medda fi.

"Wnei di fynd i ateb?" medda Lisa

"Cer di!" medda fi.

"O plis!" medda Lisa a 'chydig o sŵn crio yn ei llais hi.

Mi godais i felly a mynd reit handi i lawr y grisia, meddwl mai'r postman neu'r boi DPD oedd yna efo clamp o barsel mawr imi!

Siom ges i, felly, ar ôl agor y drws a gweld Lloyd yn sefyll yna a'i gefn at y drws.

Trodd yn sydyn yn ei Vans sgwaria du a gwyn a gwthio heibio i mi cyn mynd yn syth i fyny'r grisia i lofft Lisa. Wnaeth o ddim hyd yn oed deud 'Helô'.

Be oedd o isio ar fore dydd Sadwrn fel hyn? Doedd o byth yn arfer dŵad i'n tŷ ni ar fore dydd Sadwrn.

Es i'r gegin i wneud panad a tost i fi fy hun. Ar ôl i'r tegell ferwi a phob man yn ddistaw eto, mi feddyliais i fy mod i'n clywad sŵn crio'n dod o'r llofft a sŵn siarad sydyn, ond do'n i ddim yn gallu clywad be oedd Lisa a Lloyd yn ei ddeud wrth ei gilydd. Dim ond teimlo rhyw densiwn mawr yn dod o'r llofft, yn dod i lawr y grisia ac ata i yn y gegin. Fel ogla drwg.

Tybad oedd Lowri'n deud y gwir? Oedd Lisa yn disgwyl babi?

Tybad oedd hi'n amser i mi fynd draw i glwb Dafi Dafis i ddysgu bocsio er mwyn torri trwyn Lloyd?

Tybad be fasa Mam a Dad yn ei ddeud?

Mi es i fyny i fy llofft i newid i fy nillad gwaith yn reit sydyn a mynd am yr hen garej i wneud fy joban bore Sadwrn. Ro'n i'n meddwl am Lisa a ddim yn canolbwyntio'n iawn ar fy job. Dyna pam wnes i roi cic i un o'r bwcedi dŵr cynnes a baglu drosti. Chwerthin wnaeth Iosef ac Ezra a fy helpu i 'nôl ar fy nhraed.

"Cmon, BYT!" medda Ezra. "Dim cyshgu! Dim cyshgu!"

Roedd hi'n reit brysur a lot o geir yn dod i gael eu golchi. Mi aeth yr amser yn reit sydyn a gawson ni ddim cyfle i ista lawr i gael te blodau, dim ond cario 'mlaen heb stopio. Ro'n i'n falch o weld amser cinio'n dod er mwyn i mi gael deud "Ta-ra" wrth y ddau arall a mynd am adre. Ro'n i £17 yn fwy cyfoethog nag o'n i pan wnes i godi o 'ngwely i agor drws i'r hen Lloyd 'na.

Sgwrs bwysig

Ro'n i isio mynd i'r dre yn y pnawn i fyta sosej rôls efo Dyl yn y caffi a wedyn mynd i 'Sgidlocyr i weld trenyrs, i ddal trenyrs yn fy llaw ac i glywad ogla trenyrs newydd sbon. Yr ogla gora yn y byd.

Ond y dydd Sadwrn yma, roedd gen i rwbath pwysig i'w wneud, pwysig iawn hefyd! Miss Celf oedd wedi trefnu i fi siarad efo'r dyn 'ma oedd wedi bod yn gweithio yn y lle Puma yn Herzogenaurach yn yr Almaen ac wedi bod yn gweithio i Asics a Nike a lot o gwmniau trenyrs eraill hefyd.

Ffrind oedd o i ffrind gorau Miss Celf, ac roedd hi'n deud ei fod o'n glên iawn ac y basa fo'n fy helpu i feddwl sut i gynllunio trenyrs ar gyfer y gystadleuaeth Nike 'ma. Hwn oedd *Tywysog y Trenyrs* medda Miss Celf!

Roedd y dyn pwysig 'ma am roi galwad fideo i fi am hanner awr wedi dau ac roedd Miss wedi fy siarsio i i ateb a gofyn lot o gwestiynau iddo fo. Roedd hi'n deud fod y dyn 'ma'n ddyn prysur iawn a'i fod o'n rhoi rhan o'i bnawn Sadwrn i fi! Iesgob! O'n i'n dechra teimlo'n nerfus rŵan, a'r bol yn dechra troi!

Roedd Corsa du Lloyd yn dal o flaen tŷ ac roedd o dal yna efo Lisa. Pan es i mewn roedd o'n cario dwy banad o de i fyny grisia a throdd o rownd hanner ffordd i fyny a sbio i lawr arna fi.

"Tyd adra yn gynt tro nesa," medda fo. "I wneud panad i fi a Lisa."

Fel arfer, do'n i ddim yn gwbod be i ddeud felly nes i jyst ei anwybyddu fo a mynd i'r gegin i wneud bîns ar dost i mi fy hun. Bîns ar dost posh dwi'n ei alw fo achos dwi'n rhoi menyn a Marmite ar y tost, wedyn y bîns ar ei ben o, ac wedyn torri darna bach o gaws i doddi dros y cwbwl lot. Esgob, ma'n neis!

O'n i wrth fy nesg yn fy llofft am 2.20pm yn disgwyl yr alwad fideo 'ma ac yn sgriblo 'chydig o gwestiyna ar bapur rhag ofn i'r boi trenyrs 'ma ofyn a oedd gen i rwbath i ofyn a deud wedyn wrth Miss Celf 'mod i heb ofyn dim byd iddo fo!

Petha fel hyn oedd wedi dod i fy meddwl i ...

Be ydy'r stwff gora i wneud trenyrs? Polyurethane ella?
Pa fath o wadnau ydy'r rhai gora? Rybyr efo pocedi aer?
Lle ydy'r lle gora i roi'r swoosh Nike? Ar y ddwy ochr? Ar y top? Be am ddefnyddio'r swoosh fel strap ar draws y top?

Yn y diwedd, ar ôl i fi aros am chwarter awr mi wnaeth y ffôn wneud sŵn a dyma 'na wyneb diarth yn dod i'r sgrin – dyn eitha ifanc, gwallt trendi, sbectol 'chydig yn rhy fawr iddo fo. Llais yn cracio i ddechra ...

Cchhhh cchhhh cchhhh ...
Shw'mai grwt! Shw'mai'n ceibo?!
Cchhh cchhh cchhh
Ti moyn help 'da dy drenyrs, y't ti?
Ymm, yndw plis!
Wel nawr 'te, gwranda 'ma! Fi am weud popeth ti angen gwbo wrthot ti nawr yn glou, ac wedyn cei di ddechre ar y drawings!
Ymm, diolch 'de!

A falle ti moyn recorjio'r sgwrs hyn fel bo ti'n galler gwrando arni 'ddi 'to?

Recordio?

Ie gw'boi! Recorjo!

Syniad da!

Barod nawr 'te?

Yndw!

Wel, fi 'di bod yn gweitho, t'wel, i Piwma ers blynydde nawr, a cyn 'ny o'n i'n gweitho i Asics a cyn 'na o'n i'n gweitho i Nike, felly fi'n gwbo be fi'n siarad ambiti, gw'boi, pan fi'n sarad am drenyrs ... nawr 'te ... fi moyn ti feddwl am drenyrs mewn tri cam fel hyn, t'wel ...

Iesgob! Siarad yn sydyn oedd y boi ma, Tywysog y Trenyrs, ffrind i ffrind Miss Celf. Ro'n i'n gorfod gwrando'n ofalus ofalus i ddallt be oedd o'n ddeud ... ond wedyn, roedd o'n glên a doedd o ddim yn gofyn i fi ofyn cwestiyna iddo fo! Roedd o'n dal i siarad ffwl sbîd ...

... a phan fi'n gweud trenyrs fi'n meddwl am sgijie rhedeg deche nid sgijie ffashiwn. Ti 'da fi?

Yyy ... yndw!

Gw'boi ... nawr 'te, y tri cam hyn 'da trenyrs, gobeitho bo' ti'n glustie i gyd, gw'boi ... recorjo?

Yndw tad!

Gw'boi!

I ddechre, ma pob dylunydd gwerth ei halen yn moyn ysbrydoliaeth o'r byd o'i gwmpas e! Byd natur neu bethe ma fe'n weld ambiwti'r lle. Mae angen i ti roi'r ysbrydoliaeth 'na yn dy drenyrs wedyn, gw'boi!

Yn ail, rhaid i'r trenyrs hyn fod yn ysgafn fel pluen, dyna beth mae rhedwyr moyn, t'weld! Felly dewisa ddeunyddiau ysgafn – polyurethane i'r gwadne, yn dife?

Yn olaf, rhaid ti feddwl shwt ma nhw am gau 'da ti. Lasys? Velcro? Strapie? Ma lliwie'n dod wedyn, t'wel, a ...

Mi aeth o'n ei flaen wedyn i siarad am Photoshop a .... meddalwedd 3D. Esgob! Roedd fy mhen i'n troi ar ôl dod o'r ffôn efo Tywysog y Trenyrs oedd yn ffrind i ffrind Miss Celf. Ond weithia, rhaid i chi wneud petha dach chi ddim eisiau eu gwneud er mwyn cael beth ydach chi isio wedyn! Ydach chi'n dallt be dwi'n feddwl?

Wel, roedd y boi 'na yn licio trenyrs yn ofnadwy! Deud y gwir, ella ei fod o'n licio trenyrs yn fwy na fi! Oedd y peth yn bosib?! Ond rŵan, roedd gen i lot o wybodaeth a syniada am sut i gynllunio trenyrs.

Rhoi'r syniada yma i gyd ar bapur oedd angen i fi wneud, ac wedyn eu postio nhw i'r gystadleuaeth Nike, siŵr iawn. Swnio'n hawdd, dydy! Ond haws deud na gwneud, fel mae Miss Elias Cymraeg yn ei ddeud wrthan ni weithia.

Be?! Gwersi sillafu ar nos Sadwrn!

Mi aeth y nos Sadwrn yn reit sydyn. Mi oedd Lloyd wedi diflannu cyn i Dad a Mam ddod adra o'r gwaith, ac mi gawson ni fwyd Indian a gwylio rybish ar y teledu. Wedyn roedd hi'n amser *Match of the Day*. Roedd Dad mewn hwyliau da, 'di cael llond ei fol o fwyd i swper a Magnum gwyn i bwdin!

"Sawl 'd' sydd yn Match of the Day," medda Dad wrtha i, wedi rhewi'r sgrin i gael y lle'n dawel i gael gofyn y cwestiwn.

"Be?" medda fi. "Sawl 'd'?"

"Ia, meddylia di rŵan!" medda Dad.

Pan ma Dad yn gofyn cwestiwn fel hyn, dwi isio cael yr ateb yn iawn rhag ofn iddo fo feddwl fod ei fab o'n dwpsyn twp. Felly wnes i feddwl yn galed am y cwestiwn, a sillafu M A T CH O F T H E D A Y yn slo bach yn fy mhen.

Un 'd' ro'n i'n gallu weld yn fy mhen a dyma fi'n deud fel hyn wrth Dad, "Un 'd'," medda fi, yn gwbod yn reit siŵr fy mod i'n iawn!

"Naci siŵr!" medda Dad, yn chwerthin dros y lle. "Mae yna lot mwy na hynna, siŵr dduw!"

"Nacoes tad!" medda fi, a dyna pryd wnaeth Dad ddechra canu dros y lle, canu tiwn *Match of the Day* ...

"Dy dy dy dy ... dy dy dy dy dy ... dy dy ... dy dy dy dy ..." a chwerthin dros y lle.

"Ooo! Da 'wan!" medda fi, yn sbio ar y to yn sydyn. "Mi ofynna i honna i Dyl fory!"

Mi ddaeth Mam mewn i'r stafell a gofyn, "Be 'di'r chwerthin mawr 'ma dwi'n glywad?"

"BYT 'ma sy methu sillafu!" medda Dad. "Dwn i'm be ma nhw'n ddysgu iddo fo yn 'rysgol 'na!" a chwerthin dros y lle eto.

"Wel!" medda Mam. "Dwi'n licio clywad chwerthin yn y tŷ 'ma eto! Tydw i heb gael gwên gan Lisa ertalwm!"

Ond erbyn hynna roedd Dad ar goll yng ngêm Arsenal a Lerpwl ar *Match of the Day* a gwên gam yn dal i fod ar ei wyneb o!

Gorffen efo Gwendoline, heb drio

Mi wnes i ddeffro mewn 'chydig bach o sioc bore dydd

Sul achos roedd fy ffôn i'n crynu ar y cwpwrdd ochr gwely. Roedd wyneb Gwendoline yn y sgrin a finna newydd ddeffro a 'ngwallt i'n sticio fyny fel nyth brân.

Mi faswn i wedi gallu peidio ateb ond wnaeth fy llaw i estyn am y ffôn a chyn i fi ddallt be o'n i 'di wneud, mi o'n i wedi ateb pwy bynnag oedd yna efo 'Helô' cysglyd iawn.

Gwendoline oedd yna, yn edrych yn reit flin peth cynta yn bore fel hyn, a dyma hi'n deud:

Ti'n iawn?

Yndw diolch! A titha?

Nachdw! Dwi wedi cael llond bol ar gael fy nhrin fel hyn!

Iesgob! Be sy'n bod? Oes rhywun yn gas efo chdi? Pwy sy'n dy drin di'n wael?

Ti BYT!

Fi? Be? Dwi heb dy weld di ers wythnosa!

Yn union! Dwyt ti ddim isio fy ngweld i, yn nagwyt?! Dwi wedi cael y neges!

Wel ...

A ti byth yn ffonio rŵan chwaith!

Wel ... fedri di ffonio fi!

Fi sy wedi ffonio y tri tro dwetha!

Sori, Gwendoline ond ...

T'isio dympio fi, oes? Dyna ti'n ddeud ia?

Wel ...

O'n i'n gwbod yn iawn!

Gwendoline ...!

Ond roedd hi wedi mynd. Roedd ei hwyneb hi wedi diflannu o'r sgrin, ella am y tro ola am byth. Hen air hyll oedd hi wedi ddefnyddio. 'Dympio!' Dympio hen soffas a hen fatresi a phetha felly ydach chi yn y dymp! Tydach chi ddim i fod i ddympio'ch cariad!

Mi wnes i roi fy mhen yn ôl dan y cwilt a theimlo 'chydig bach yn euog achos do'n i heb weld Gwendoline ers wythnosau. Do'n i heb ei ffonio a do'n i heb anfon rhyw lawer o negeseuon ati chwaith. Wps! Dim rhyfadd ei bod hi'n meddwl 'mod i wedi colli diddordeb ynddi hi.

Y gwir oedd, roedd hi'n byw yn rhy bell. Mae Conwy yn bell. Ond faswn i byth yn anghofio'i chyfarfod hi yn yr Almaen, a'r daith fws honno aethon ni arni hi.

Ac eto, do'n i ddim isio i betha ddod i ben fel yna. Roedd hi'n meddwl 'mod i wedi'i dympio hi rŵan a finna heb feddwl gwneud y fath beth. Dympio rhywun cyn brecwast! Be nesa?!

John F. Kennedy, arlywydd America

Mi wnes i aros yn fy llofft drwy fore dydd Sul yn gwneud tipyn o waith cartre oedd yn rhaid imi ei wneud neu faswn i mewn trwbwl. Gwneud nodiada Hanes am JFK, "Peidiwch â meddwl be fedrith eich gwlad wneud i chi. Meddyliwch beth fedrwch chi wneud i'ch gwlad!" medda fo wrth bobol America. Dwi'n siŵr y basa fo wedi gallu deud lot mwy o betha da os na fasa fo 'di cael ei saethu gan foi o'r enw Lee Harvey Oswald. Am ryw reswm dwi'n meddwl fod yr enw yna'n enw da i ddyn drwg.

Wedyn, mi wnes i fwy o waith ar y sgwrs Gymraeg am Nike. Roedd y boi 'na, Phil Knight, yn derbyn bocsys mawr o sgidiau Tiger o'r ffatri yn Japan. Llongau oedd yn mynd â nhw i America. Wedyn, roedd o'n eu gwerthu nhw o fŵt ei gar ac yn eu gwerthu nhw'n rhatach nag adidas! Roeddan nhw'n mynd fel slecs! Mi agorodd o siop neu ddwy wedyn i'w gwerthu nhw! Roedd hi'n mynd yn dda!

Cinio a hanner

Ro'n i'n gallu teimlo rhyddhad Mam a Dad fod Lisa mewn hwyliau gwell ac wedi helpu Mam i wneud cinio dydd Sul i ni. Mi steddodd efo ni a wnaeth hi ddim crio na dim byd, jyst sgwrsio'n normal a bwyta ei bwyd i gyd. Mi oedd Dad yn canmol y llysiau a Lisa'n deud eu bod nhw'n organig a bod hynna yn gwneud gwahaniaeth i'r blas.

Mi ddwedodd Dad fod o'n gwneud gwahaniaeth i'r pris hefyd – eu bod nhw'n costio mwy! A dyna pryd wnaeth y geiniog ddisgyn! Mi wnes i gofio'n sydyn 'mod i wedi gweld Dad yn rhwbio tatws yn y pridd yn yr ardd. Ro'n i wedi'i weld o ffenast llofft. Dyna be oedd o'n wneud! Gwneud i datws oedd ddim yn organig edrych fel rhai organig drwy eu rhwbio nhw yn y pridd, wedyn, roedd Lisa yn meddwl eu bod nhw wedi dod o'r siop llysia organig!

Ro'n i wedi dal Dad! Do'n i ddim am ddeud dim byd, jyst am aros yn ddistaw bach. Mi fydda hynna'n dod yn handi rhyw ddiwrnod! O bydda!

Ping!

Dyl oedd yna
    Gym *heno?*
    Iawn. Wela i di ar ben lôn ...

Na! Dim gym dre, Gym Hercules ia? Dau dro arall gynnon ni am ddim, yn does, yr hen fêt?!

O iawn! Mi ofynna i Dad fynd â ni tro 'ma.

Grêt mêt!

Roedd Dad yn fodlon mynd â ni i'r stad ddiwydiannol ar gyrion y dre i *Gym* Hercules ac aethon ni i nôl Dyl oedd yn edrych ymlaen yn ofnadwy.

"Ydy dy gerdyn di efo ti?" medda fo wrtha i ar ôl iddo fo ddod i mewn i'r car.

"Yndi tad!" medda fi.

Roedd Dad yn rhoi ei droed lawr ac yn mynd drwy'r gêrs yn gyflym ond ro'n i'n teimlo'n hollol saff efo fo, er fy mod i a Dyl yn cael ein hysgwyd o ochr i ochr ar gorneli.

"Dyma fo!" medda fi wrth Dad i ddangos iddo fo lle i stopio.

"Be?" medda Dad. "Y lle pileri a gola glas 'na?"

"Ia!" medda Dyl a finna efo'n gilydd.

"Hogia bach!" medda Dad. "*Gym* ydy hwnna? Mae o'n edrych fwy fel casino yn Las Vegas!"

"Fedri di ddod 'nôl mewn rhyw awr a hanner, plis?" medda fi.

"Iawn, siŵr!" medda Dad. "Dwi'n disgwyl gweld beiseps anfarth gynnoch chi pan ddo' i nôl chi am hanner awr 'di wyth!"

"Nawn ni ddim eich siomi!" medda Dyl yn chwerthin.

"Diolch!" meddan ni'n dau a mynd efo'n bagia o'r car ac am y drws mawr troi.

Roedd Aphrodite yna eto y tu ôl i'r ddesg, yn gwisgo toga a dail gwyrdd yn ei gwallt.

"Helô hogia," medda hi. "Falch bo' chi 'di dod 'nôl! Ydy'r cardia efo chi?"

Yn sydyn, daeth llais mawr o ben y grisia ...

"Wel sbïwch pwy sy 'ma! Croeso i'r *gym* go iawn, hogia!"

Hercules oedd yna ar dop y grisia, yn swnio fel ei fod o'n falch iawn o'n gweld ni. Roedd o hefyd mewn toga, a mysls mawr ei wddw fo'n sticio allan. Dwi'n siŵr fod ei wddw fo'n fwy na gwddw Samson Lee sy'n chwarae rygbi i Gymru. Samson Lee oedd efo'r gwddw cryfaf yn y byd rygbi ar un adeg.

"Ewch i newid ac mi ddo' i atoch chi am sgwrs fach."

Ar ôl mynd fyny'r grisia yn cario'r lliain gwyn tew roedd Aphrodite 'di roi i ni, roedd Dyl a finna yn edrych ar ein gilydd, gystal â deud "O na! Llonydd oeddan ni isio, dim Hercules yn dod i fusnesu!"

Roedd yna dair o ferched ar y peiriannau rhedeg yn y pen pella, a dau foi cryf iawn yr olwg yn codi pwysa ac yn ymarfer eu sgwydda ar y peiriant yn y gornel.

Es i a Dyl i gnesu gynta ar y beics am ddeg munud a mynd ffwl pelt tan roedd ein coesa ni fel jeli.

"Go dda chi, hogia!" medda llais Hercules, ar ôl i ni ddod ffwrdd o'r beics. "Dach chi wedi'i dallt hi. Mae'n bwysig cael yr hen galon i fynd cyn dechra codi pwysa ..."

Roedd Hercules yn edrych yn rhyfadd yn y toga a trenyrs Nike Romaleos 3 du efo strapia velcro aur dros y top, trenyrs codi pwysa. Roedd y trenyrs yn edrych yn rhy fach iddo fo, bron â byrstio. Ar ei ben roedd yna ddail aur, nid dail gwyrdd fel oedd gan Aphrodite a Gareth Fuzz a Wyn Wiyrd, sori, Apollo ac Adonis! Dyna oedd eu henwa nhw fan hyn yn *Gym* Hercules.

"Ydach chi o ddifri am wella eich hunain?" medda Hercules wrthan ni, yn gofyn cwestiwn fel rhyw athro yn 'rysgol. Steddon ni'n tri i lawr ar y stolion bach wrth y peiriant dŵr.

"Yndan tad," medda Dyl yn sydyn.

"Wel, gwrandwch yma 'ta," medda Hercules. "Rhaid i chi ddallt ei bod hi'n cymryd lot o amser a lot o waith caled i gael mysls fel sy gen i! Dydach chi ddim yn mynd i ddeffro bore fory yn edrych fel hyn. O nachdach!"

"'Dan ni'n dallt hynny! Ma'n mynd i gymryd o leia wsnos a hanner i ni!" medda Dyl.

"Ha!" medda Hercules. "Mi soniwn ni am flynyddoedd yn lle wythnosa, washi!"

Cododd ei law i grafu'i ben yn araf, a dangos y cyhyrau ar ei fraich fawr frown i ni a'r blew hir o dan ei gesail oedd fel gwallt gwrach yn sticio allan drwy'r twll yn y toga.

"Stedda di'n fan'na rŵan 'ta," medda fo wrtha i, a dyma fi'n gwneud fel roedd Hercules yn ddeud, a dechra tynnu'r bar oedd uwch fy mhen i i lawr a'i adael o fynd 'nôl fyny yn reit sydyn ...

"Ara deg! Ara deg," medda fo wrtha i. "Mae'n bwysig gwneud symudiad esmwyth i fyny ac i lawr, a thynnu reit i'r gwaelod at dy sgwydda cyn ei adael 'nôl i fyny eto ... Dyna welliant ...cyfra i lawr o un ar ddeg rŵan ..."

Roedd Hercules yn iawn. Roedd codi pwysa fel hyn, yn arafach, ac efo rhyw rythm, yn lot gwell, a dyma fi, diolch byth, yn gallu gwneud un ar ddeg hefyd. Tro Dyl oedd hi rŵan, a dyma Hercules yn ei ddysgu o wedyn i gael y rhythm yn iawn.

"Diolch!" meddan ni'n dau a dyma Hercules yn deud,

"Dowch rŵan 'ta at y meinciau i mi gael eich gweld chi'n bensh presho."

Mi wnaeth Hercules ffidlan efo'r pwysau a'i wneud o'n lot sgafnach i ni.

"Ty'd 'ta!" medda fo wrtha i. "Mi gewch chi'ch dau ddechra efo pwysa sy ddim yn rhy drwm, ac wedyn gewch chi roi mwy o bwysa fel dach chi'n gweld ora."

Mi wnes i orwedd ar fy nghefn ar y fainc. Roedd y practis o'n i 'di gael yn fy llofft yn help, ond roedd y bar oedd gen i'n rhydd – yn y *gym* roedd y bar yn sleidio i fyny ac i lawr ar y peiriant, ac roedd o'n saffach, siŵr iawn.

"Dyna ti, da rŵan," medda fo, "tria gael rhythm fel yna, naw ... wyth ... saith ... chwech ... pump ... pedwar ... tri ... dau ... un ... Go dda ti! Dy dro di rŵan 'ta," medda fo wrth Dyl.

Mi o'n i'n chwys doman, yn trio dangos i Hercules 'mod i'n gryf a thrio peidio tynnu wyneba gwirion wrth godi'r bar ar y tri tro ola achos roedd o'n drwm erbyn hynna!

Pan oedd Dyl bron iawn â gorffen, mi ddwedodd Hercules, "Da iawn ti, boi! Dal i fynd, fydda i 'nôl rŵan."

Mi gododd o'n sydyn a diflannu i rwla cyn dod 'nôl efo clamp o dwb mawr du yn deud MASS arno mewn sgwennu clir gwyrdd llachar.

"Ydach chi'n gwbod be 'di hwn?" medda fo wrth Dyl a fi. Nodiodd y ddau ohonan ni ein penna, i ddeud "Na".

"Wel," medda Hercules, "hwn ydy'r ateb i chi. Dim ar chwarae bach y cewch chi fysls fel fi! Dwi 'di llyncu tunelli o'r protein yma, ei gymysgu fo efo llaeth. Ma'n help i chi roi pwysa 'mlaen, dach chi'n gweld. Mi o'n i'n yfad dwsin o wyau bob dydd ar un adeg ac yn codi ganol nos i fwyta tunia o tiwna i gael digon o brotin i dyfu mysls."

"Wel newydd ddechra go iawn ydan ni!" medda Dyl.

"Ia siŵr, ond mi fydd hwn yn help i chi fagu pwysa'n sydyn. Mae o'n blasu reit neis hefyd."

"Faint ma'n gostio?" medda fi.

"Wel, mae o i fod yn bedwar deg wyth o bunnoedd, ond i ddau foi da fel chi'ch dau, mi gewch chi o am bedwar deg. Mi neith hwn bara reit hir i chi a ..."

"Mi wnawn ni feddwl am y peth a deud wrthach chi tro nesa 'dan ni yma. Gynnon ni un tro arall a ..."

Wrth i Dyl drio ateb Hercules mi ddaeth 'na dipyn o sŵn o gyfeiriad y drws, ac mi wnaeth y merched yn y pen pella a'r bois mawr yn y gornel droi rownd i weld pwy oedd yna.

O na! Criw o tua pump neu chwech o'r hogia dre oedd yna. Doeddan ni heb eu gweld nhw ers wythnosau achos ein bod ni wedi osgoi bod yn y *gym* dre pan roeddan nhw yno.

Roeddan nhw'n dadlau yn reit gas am rwbath, ac yn symud yn sydyn a'u llygaid nhw'n melltio.

"O rargian! Ma rhein 'nôl eto!" medda Hercules yn reit flin a diflannu efo'i dwb mawr MASS i'r stafelloedd newid crand.

Mi edrychodd Dyl a finna ar yr hogia dre yn tynnu eu capia ac yn mynd yn syth at y peiriant coesa i wthio'i gilydd ymlaen. Iesgob! Roeddan nhw'n wahanol yn y *gym* yma i gymharu efo sut roeddan nhw yn *gym* dre.

Pan chwyson nhw, fe dynnon nhw eu topia traciswt a'u hwdis ac roeddan nhw i gyd, bob un wan jac ohonyn nhw, wedi mynd lot mwy nag oeddan nhw tua dau fis yn ôl. Sut yn y byd roeddan nhw 'di mynd i edrych mor gryf â hynna mewn 'chydig wythnosa?

"Wyt ti'n meddwl 'run fath â fi?" gofynnodd Dyl.

"Yndw!" medda fi. "Ma'r raid bod rheina 'di llyncu bwcedi o'r stwff powdwr MASS yna!"

"Ella," medda Dyl, "ond ma'r rheina 'di cael rhyw help arall, os ti'n gofyn i fi. Ma nhw 'di mynd yn anfarth, do? Ma nhw'n edrych yn beryg rŵan, tydyn ..."

"Ma nhw! Ti'n iawn Dyl," medda fi. "Ti'n meddwl bod nhw 'di cymryd y 'ffordd haws' oedd Hercules yn sôn amdani yn *gym* dre?"

"Dwi'n meddwl bo ti'n iawn, yr hen fêt," medda Dyl. "Ty'd, awn ni rwyfo, ia? Rhag ofn bod y robins goch peryg 'na isio dod i fama."

"Iawn!" medda fi a symud o 'na reit handi.

Daeth Aphrodite aton ni, ei bocha hi'n goch i gyd, a gofyn os oeddan ni 'di gweld Hercules. Mi ddwedon ni bo' ni 'di weld o'n mynd i'r lle newid ac mi aeth hi fel siot i fan'no.

Mewn chwinciad, roedd hi'n cerdded yn fân ac yn fuan yn ôl heibio i ni a Hercules yn ei dilyn hi, yn hanner cerdded hanner rhedeg.

"Tybad be sy'n bod?" gofynnodd Dyl.

"Ia," medda fi, "ma 'na rwbath wedi distyrbio nhw, 'ndoes."

"Dwi 'di cael digon am heno 'ma!" medda Dyl. "Wyt ti?"

"Do, deud y gwir," medda fi. "Molchi amdani."

Mi aethon ni i folchi a mynd allan o *Gym* Hercules yn reit sydyn, tra oeddan ni'n clywad hogia'r dre yn gweiddi'n gas ar ei gilydd i godi mwy a mwy o bwysa nes oedd y pwysa'n cael eu gollwng yn galed i lawr, haearn ar haearn. Roedd yr holl le'n crynu dan ein traed ni.

Tu allan, roedd Dad yna'n disgwyl amdanon ni a'r injan yn rhedeg yn barod i fynd.

"Ydach chi'ch dau yn iawn?" medda fo. "Bobol bach, sut fath o le ydy hwnna?"

"Be ti'n feddwl, Dad?" medda fi.

"Ydy o'n beth call i chi'ch dau ddod i le fel hyn? Dwi newydd fod yn gwylio pantomeim! Rhyw foi mawr cryf mewn toga yn gafael mewn rhyw foi bach o'r dre ac yn cicio'i ben-ôl i lawr y ffordd 'ma a rownd y gornel!"

"Pwy oedd y boi o'r dre?" gofynnodd Dyl.

"Dwi ddim yn siŵr," atebodd Dad. "Ond dwi wedi'i weld o rownd lle. Mae o'n edrych yn sâl deud y gwir, ei groen o'n felyn i gyd. Golwg gwael ar y creadur."

"Hercules oedd y boi mewn toga!" medda fi. "Fo sy bia'r *gym*."

"Dyna pam mae ei enw fo uwch ben y drws, ia?" medda Dad, a chwerthin.

"Ia!" medda fi. "Mae o'n reit glên efo ni, chwarae teg."

"Gwatsiwch chi o!" medda Dad. "Dwi ddim yn licio golwg y boi!"

"Dim ond un tro arall sy gynnon ni ar ôl yna," medda Dyl.

"Wel da iawn wir," medda Dad. "Dwi'n falch o glywad hynny."

Ty'd i fewn am funud

Gorwedd ar y 'ngwely o'n i'n sbio ar fy ffôn ac yn meddwl tybad oedd Gwendoline wedi anfon neges.

Doedd hi ddim! Wel, dyna fo ta, roedd hi'n gwd-bei Gwendoline. Fyddai ddim rhaid imi deimlo'n annifyr rŵan yn anfon neges i Lowri ac yn trefnu'i gweld hi mewn caffis a ballu.

Ond neges gan ferch arall ddaeth i fy ffôn i. Nid Gwendoline. Nid Lowri chwaith. Neges gan Lisa ges i. Lisa fy chwaer fawr, yr holl ffordd o'r llofft drws nesa!

Tyd yma am funud plis

Ges i 'chydig o sioc achos bo' Lisa byth isio fi'n agos at ei llofft hi fel arfer. Ges i'r hen deimlad 'na hefyd ei bod hi am ddeud rhwbath wrtha i a oedd yn mynd i fod yn rhwbath mawr ... O hec! Teipiais ...

Be? Y munud yma?

Ia!

Do'n i ddim yn gwbod a ddylwn i gnocio ta be, ond yn y diwedd wnes i mond gwthio'r drws ar agor a mynd i mewn.

"Cau'r drws, plis!" medda Lisa.

Roedd hi'n ista fyny ar ei gwely ac roedd y llofft yn reit daclus, dim fel oedd hi ersalwm efo dillad a threnyrs Superstars ar hyd y llawr ym mhob man.

"Be t'isio?" medda fi, yn sefyll yn annifyr, cyn gweld y pwffe piws a gollwng fy hun i lawr ar hwnnw.

"Dwi jyst isio deud rhwbath wrthat ti!" medda Lisa "Ma'n anodd ... ond ma raid fi ddeud wrthat ti!"

Wehe! Mae hi 'di gorffen efo Lloyd – diolch byth! medda fi yn fy meddwl.

"Be sy, Lisa?" gofynnais efo cydymdeimlad yn fy llais.

"Wel ..." medda hi. "Ti sy'n cael gwbod gynta, ond mi fydda i isio dy help di wedyn, BYT ... dyna pam dwi'n deud wrthat ti gynta ... Iawn?"

"Iawn!" medda fi, yn cytuno er nad o'n i'n dallt yn iawn efo be ro'n i'n cytuno.

"Plis deud wrtha i 'ta!" medda finna, yn meddwl 'mod i'n barod i glywad na fydda Corsa du Lloyd byth yn parcio o flaen tŷ ni eto.

"Dwi'n disgwyl babi," medda Lisa, ei llais hi'n gryf yn deud y geiria achos ei bod hi mor benderfynol o gael y geiria allan. Roedd o 'chydig bach fel ei bod hi wedi bod yn deud y geiria wrthi hi ei hun am yn hir, i wneud iddi hi ei hun goelio.

Tri gair bach oedd yn newid y byd i gyd. "Dwi'n disgwyl babi."

Lowri oedd yn iawn, felly! Mi steddais yna a 'ngheg ar agor 'chydig bach yn sbio ar Lowri drwy ryw niwl. Am ryw reswm ro'n i'n cofio'i llofft hi'n binc i gyd, yn cofio'r tro cynta wnaeth hi wisgo mêc-yp, yn cofio hi'n edrych ar fy ôl i ym Mlwyddyn 7 pan wnaeth Jac Jukes drio rhoi fy mhen lawr y toilet ... a rŵan roedd hi yn ei llofft lliw llwyd efo pilipalas piws ar un wal a *collage* o'i lluniau hi a'i ffrindia ar hyd y wal arall ...

"Ti am ddeud rhwbath?" medda Lisa.

Weithia, mi faswn i'n licio rhoi cic yn fy nhin fy hun. Os basa Dyl yn cael ei hun yn yr un sefyllfa â fi mi fasa fo wedi deud rhwbath erbyn hyn. Rhwbath dwl ella, ond mi fasa fo wedi deud rhwbath.

"Yndw!" medda fi yn y diwedd. "Ro'n i'n meddwl fod yna rwbath o'i le pan wnest ti grio wrth bwrdd bwyd a ..."

"Dwi'n gwbod!" medda Lisa. "Ma'n anodd 'sdi, ond dwi 'di cael ... neu 'dan ni 'di cael mwy o amser i feddwl am betha ers hynna ..."

Ar yr eiliad yna be wnes i oedd meddwl am y peth yn rhy bersonol a deud wrth Lisa fel hyn ...

"Lisa, dwi 'di dechra mynd i *gym* go iawn rŵan a dwi am ddechra mynd i glwb bocsio Dafi Dafis a dwi am roi cweir iawn i'r Lloyd 'na."

Wedyn, wnes i ddifaru deud hynna yn syth bin. Y rheswm ro'n i'n difaru deud hynna oedd 'mod i wedi siarad yn hunanol. Siarad amdanaf i fy hun yn lle siarad am drio helpu Lisa.

"Stopia!" medda Lisa. "Plis stopia! Dydy bocsio a rhoi cweir i rywun ddim yn mynd i helpu neb, 'sdi."

"Sori Lisa!" medda fi, wedi dallt yn syth 'mod i wedi deud y petha anghywir.

Mi driais i wneud yn iawn am hynny wedyn, a thrio fy ngora i ddeud petha call.

"Wyt ti'n teimlo'n sâl?"

"'Chydig bach weithia. Dwi'n teimlo fy nghorff yn newid yn slo bach."

"Pryd wyt ti am ddeud wrth Mam a Dad?"

"Bydd raid i fi ddeud yn reit fuan. Heno neu nos fory. Paid ti â deud dim byd, cofia!"

"Wna i ddim, siŵr iawn," medda fi.

Wedyn, dyma'r cwestiwn mawr yn dod ... wnes i ddychryn fi fy hun wrth ei ofyn o ...

"Ti'n mynd i gadw'r babi? Neu ti'n mynd i gael erthygl?"

"Erthygl?" medda Lisa yn syn.

"Sori, erthyliad 'di'r gair iawn, ia?"

"Ia. Erthyliad ydy'r gair 'de. Nachdw. Dwi ... 'dan ni 'di bod yn meddwl, cofia ... ond ..."

"Unwaith fydd y babi bach yma mi fydd pawb yn

hapus ac wrth eu bodda, 'sdi!" medda fi.

"Diolch BYT. Ti werth y byd! Dwi mor falch 'mod i wedi siarad efo ti!" medda Lisa, a dagrau yn llenwi ei llygaid.

"Ma'n iawn," medda fi. "T'isio panad?"

"Mi wna i un i chdi."

"Iesgob, diolch!" medda fi a mynd i fy llofft i hel fy mhetha ysgol at ei gilydd yn barod at bore wedyn.

Ro'n i'n teimlo bod y ffordd ro'n i 'di siarad efo Lisa wedi gwella'n ofnadwy wrth fynd ymlaen. Ro'n i 'di swnio fel rhyw hogyn bach 'di cael ei ddifetha i ddechra, ond wedyn, ro'n i wedi swnio'n fwy aeddfed ac ro'n i'n licio be ro'n i wedi'i ddeud wrthi hi.

Ond eto, do'n i ddim yn gwbod be ar y ddaear yr oedd Mam a Dad yn mynd i'w ddeud.

Roedd petha'n dechra gwneud synnwyr rŵan. Pam bod Lisa heb fynd i coleg. Pam bod hi ddim isio mynd i weithio yn y caffi. Pam bod hi'n edrych yn benisel rownd y rîl, a pham bod hi wedi crio'r diwrnod hwnnw wrth y bwrdd bwyd.

Roedd hi'n cuddio cyfrinach fawr, yn doedd hi. Mi fydd hi'n teimlo'n well pan fydd y gyfrinach ddim yn gyfrinach, meddyliais, yn gweld fy hun yn meddwl am betha reit glyfar ar nos Sul.

Gwasanaeth arall

Lwcus bod neb 'di gofyn cwestiwn i mi yn y gwasanaeth achos fasa gen i ddim syniad be i'w ddeud. Do'n i heb wrando yr un gair ar ddim byd roedd yr athrawon 'di ddeud. Faswn i byth 'di sylwi os basa Ricky Tripp 'di gollwng gwynt. Meddwl ro'n i am Lisa, siŵr iawn.

Mi wnaeth hi gymryd rhwbath arall oedd yn dipyn o sioc i mi ddechra anghofio am Lisa am 'chydig bach. Yn y dosbarth Maths roeddan ni, y wers gynta, a phwy ddaeth i mewn efo'r prifathro oedd Ezra, o'r hen garej, y lle golchi ceir. Un o fy mosys i ar fore Sadwrn!

Roedd o'n edrych yn rhyfadd efo dillad ysgol a barf tywyll. Fel rhyw athro'n gwisgo dillad ysgol ar ddiwrnod Plant mewn Angen neu rwbath felly.

"Dyma Ezra," medda'r prifathro wrth Miss. "Mae o'n nabod BYT. Geith o ista efo BYT a Ieu am heddiw, ia?"

"Helô, Ezra," medda Miss gan wenu, a dangos efo'i llaw lle roedd o fod i ista wrth fy ochr i.

Doedd ganddo fo ddim bag na phensal na dim byd.

Mi wnes i fynd i fy mag a chwilio am fy mhensal sbâr a'i rhoi hi iddo fo.

"DiolchitiBYT," medda fo, a hwnnw'n un gair yn sownd yn ei gilydd fel mae o'n ddeud ar fore Sadwrn, a

gwenu wrth fy ngweld i'n sbio'n syn arno fo. Oedd o 'run oed â fi 'ta? Anodd credu rhywsut, ac eto ...

Beth bynnag, mi aeth Miss fel trên drwy syms lluosi ffracsiynau pendrwm a rhifau cymysg, a finna ac Ieu, fel arfer, yn gweithio trwyddyn nhw efo'n gilydd. Dyna roeddan ni'n dau yn ei wneud tra oedd Ezra yn mynd drwyddyn nhw ffwl sbîd, can milltir yr awr. Roedd o'n mynd yn gynt na phawb arall yn y dosbarth. Doedd gan Miss ddim cwestiyna ar ôl iddo fo ar bapur ac roedd rhaid iddi roi llwyth o rai newydd iddo fo ar y bwrdd gwyn!

"Ezra!" medda hi, ar ddiwedd y wers. "Byddi di'n mynd i ddosbarth Mr Marx dydd Mercher iawn? Mr Marx, Wednesday, ok?!"

"OK. Iawn! Iawn!" medda Ezra, a gwenu fel giât, ei ddannedd gwyn o'n sgleinio. "Diolchiti! Diolchiti!"

"Diolch i ti!" medda Miss, yn sbio'n reit syn arno fo fel petai hi ddim yn siŵr iawn be oedd wedi digwydd.

Wrth i Ieu a fi adael y wers, dyma Ieu yn deud, "Dydy'r boi Ezra 'na ddim yn ara' o gwbl, nachdi! Eczra cyflym ddyla ei enw fo fod! Mae o 'di symud i set top yn Maths ar ôl un wers!"

"Wedi arfer cyfri pres yn yr hen garej mae o!" medda fi.

"Mwy o bres mewn golchi ceir na ffarmio!" medda Ieu a sbio ar ei draed.

Celf

Ydach chi erioed 'di cael y teimlad bod rhywun yn glên efo chi achos eu bod nhw'n gwbod rhyw gyfrinach amdanach chi? Dyna'r teimlad ges i yn y wers Gelf efo Miss Celf.

Dew, roedd hi'n ffeind efo fi, yn union 'run fath â'i bod hi'n gwbod be oedd Lisa 'di ddeud wrtha i noson cynt, ac yn gwbod fy mod i'n poeni am hynny.

Ar ôl edrych drwy lyfr sgetsio pawb mi ddaeth hi ataf fi a gofyn am y gystadlaeuaeth Nike.

"Sut aeth hi dydd Sadwrn?" gofynnodd. "Gest ti help gan Dywysog y Trenyrs?"

"Do wir!" medda fi. "Ges i lot o help, diolch."

"Beth wnaeth o ddeud wrthat ti?"

"Wel, mi wnes i recordio'r sgwrs os ydach chi isio clywad, Miss!" medda fi.

"Ar dy ffôn, ie?"

"Ie, 'na chi, mae o fama gen i."

"Tyrd at y ddesg 'te!" medda Miss, a dyma fi'n mynd ac yn ista wrth y ddesg yn y ffrynt a rhoi fy ffôn i chwarae i Miss gael gwrando ar y sgwrs.

"Bobol bach," medda hi, "roedd o'n siarad yn gyflym, yn doedd! Ond chwarae teg iddo fo, bydd y tri cham yna'n help i ti, yn bydd?"

"Bydd!" medda fi. "Dwi wedi dysgu lot. Roedd o 'di bod yn gweithio i Piwma, Asics a Nike, medda fo."

"Tipyn o seren!" medda Miss. "Ma croeso i ti ddod yma amser cinio neu aros ar ôl ysgol ar nos Fawrth os wyt t'isio."

"Wel diolch yn fawr, Miss," medda fi, wrth fy modd. "Bydd raid i fi siapio rŵan i gynllunio'r tenyrs 'ma ac anfon y llunia!"

"Bydd wir!" medda Miss gan wenu. "Mi dria i feddwl am ysbrydoliaeth i ti o'r byd o'n cwmpas hefyd." Wedyn, mi es i 'nôl i fy lle a symudodd Miss ymlaen i helpu rhywun arall yn y dosbarth.

Amser cinio unig

Roedd Ieu 'di mynd i weldio eto, a Dyl yn flin achos ei fod o'n gorfod mynd 'nôl i'r wers Ddaearyddiaeth i orffen ei waith ar losgfynydd Vesuvius. Dim Dyl oedd yr unig un. Roedd hanner y dosbarth yn gorfod mynd 'nôl!

Ro'n i ar goll braidd felly es i am dro bach i lle ro'n i'n meddwl roedd Lowri a'i ffrindia yn cwrdd amser cinio. Roedd hi a Siân a'r criw yna i gyd yn sefyll wrth y radiator mawr 'na ar y coridor wrth y lle Cerdd. Rownd y gornel o'r cantîn. Bron iawn imi droi 'nôl pan weles i nhw, ond gwaeddodd Siân, "Haia!" dros y lle a chwifio'i llaw'n wirion!

Pan ddaeth Lowri ata i mi glywish i ei ffrindia hi i gyd yn deud "Wwwwww!" fel yna a gwneud i'r ddau ohonan ni gochi.

"Be ti'n wneud ar ben dy hun bach?" medda Lowri.

"Dyl a Ieu sy'n brysur!" medda fi.

"Sgin ti rwbath i ddeud wrtha i 'ta?" gofynnodd Lowri.

"Dim byd mawr," medda fi fel lembo. Deud y gwir roedd gen i lwyth o betha i'w deud, jyst 'mod i'n methu deud nhw wrth Lowri yn 'rysgol.

"Ti 'di anfon dy sgribyls i mewn i'r gystadleuaeth 'na?"

"Dwi'n dal yn gweithio arno fo," medda fi. "Ma gen i ryw ddwy wsnos arall cyn y dyddiad cau!"

"O da iawn!" medda Lowri. Edrychodd dros ei

hysgwydd cyn deud "Sut ma ... Lisa?" a deud yr enw'n ddistaw bach.

"Mae hi'n iawn. Dwi 'di addo peidio deud dim byd wrth neb."

"Dwi'n iawn, yn dydw?" medda Lowri.

"Gawn ni siarad am hyn yn rhwla arall, Lowri?" medda fi.

"Iawn, siŵr," medda hi. "Wyt *ti'n* iawn, yn dwyt ti?"

"Yndw, diolch, jyst weithia mae'n anodd dallt be sy'n mynd 'mlaen!"

"Be ti'n feddwl?"

"Wel, i ddechra, ma petha'n rhyfadd efo fi adra, tyden. Wedyn, mae Gwendoline yn meddwl 'mod i wedi'i dympio hi. Ac ar ben y cwbwl mae Ezra, fy mòs i o'r hen garej, newydd fod yn fy nosbarth Maths i. Mae o 'di dechra yn 'rysgol heddiw! Ro'n i'n meddwl ei fod o lot hŷn na ni!"

"Gen ti lot ar dy feddwl!" medda Lowri.

Cododd ei gên a sbio i fyw fy llygad fel roedd hi'n ei wneud erstalwm a dyma hi'n deud, "Wel, o'r tri pheth yna ti 'di ddeud, dwi'n meddwl gallwn ni droi un peth yn gyfle! Dechra newydd ...!"

Iegob! Mi nes i ddallt yn syth be oedd Lowri'n feddwl a dyma fi'n gwenu. Ro'n i isio rhoi sws iddi hi, ond mi wnes i feddwl y basa raid iddi hi aros am 'chydig bach! Cas, yn 'de!

Tŷ ni yn dawel fel y bedd

Mi basiodd yr amser yn reit sydyn, dydd Llun, dydd Mawrth a dydd Mercher yn 'rysgol. Roedd Ieu a Dyl yn brysur amser cinio ac mi es inna mewn i wneud 'chydig o waith Photoshop amser cinio yn y lle Celf. Roedd cynllun y trenyrs yn dal yn fy mhen i ac roedd Miss Celf wedi fy helpu i wneud i'r syniad oedd gen i edrych yn reit broffesiynol ar Photoshop.

Ysbrydoliaeth o'r byd o'n cwmpas oedd y dyn wedi'i ddeud. Petha ysgafn ... Ro'n i wedi cael ysbydoliaeth o hot tyb Lowri! Yr holl swigod yna, a beth sydd yn fwy ysgafn nag aer a swigod?

Dyna oedd thema fy nhrenyrs, felly, cylchoedd swigod llawn aer o dan y wadn i gyd, nid dim ond ar y cefn neu ar y blaen. Roeddan nhw'n edrych yn dda, ac wedyn deunydd *flyknit* hyd y top achos ei fod o mor ysgafn a bod yna gryfder drwy'r gwau – syniad hen ffasiwn sy'n dal i weithio yn yr oes fodern. Mi wnes i feddwl creu strap velcro gyda siâp swoosh Nike yn mynd ar draws y droed, ond roedd Miss yn meddwl y basa'r swoosh yn colli ei siâp ac yn mynd i edrych yn flêr. Dwi'n siŵr ei bod hi'n iawn hefyd. Aethon ni am gareiau go iawn yn y diwedd, fel bod pawb yn gallu addasu pa mor dynn mae o isio'r sgidia, a hefyd, achos bod traed pawb yn wahanol.

A'r lliwiau? Wel lliwiau Cymru, siŵr iawn!

Fan gwaith Dad heb symud drwy'r dydd

Y gystadleuaeth Nike, dyna oedd yn llenwi fy mhen wrth imi gerdded adre o'r ysgol pnawn Mercher yn yr haul braf. Ond pan ddes i rownd y gornel mi welais i beth rhyfadd iawn. Roedd fan gwaith Dad yn dal o flaen y tŷ a char Mam hefyd. Doeddan nhw heb symud modfedd ers noson cynt. Doedd Dad na Mam wedi mynd i'w gwaith. Roedd hynna yn od iawn.

Agorais y drws ffrynt a chamu mewn. Gwaeddais "Helô!" dros y lle i gael gweld lle roedd pawb. Ond atebodd neb.

Doedd 'na ddim siw na miw i'w glywad. Tician y cloc yn y gegin. Hymian y peiriant golchi llestri. Be oedd enw'r llong honno heb neb arni hi? Y *Mary Celeste*?

Mi wnes i weithio allan yn reit handi be oedd wedi digwydd. Mae'n rhaid fod Lisa 'di deud wrth Mam a Dad ei bod hi'n disgwyl. Pan es i'r gegin i wneud diod oer i mi fy hun, dyna lle roedd Lisa a Mam yn yr ardd, yn ista wrth y bwrdd bach patio. Roedd y ddwy yn edrych wedi blino, a'u gwalltia 'chydig bach yn flêr 'di cael eu gwthio tu ôl i'w clustia. Syllu roeddan nhw ar eu dwylo.

Agorais y drws patio a dyma Mam yn deud yn syth, "Helô 'ngwash i, sut ddiwrnod gest ti?"

"Iawn diolch, rhwbath tebyg i'r arfer, 'de."

"Wel 'dan ni 'di cael diwrnod mawr fan hyn, do, Lisa?" medda Mam efo 'chydig bach o chwerthin yn ei llais hi. "Ond ma pob dim am fod yn iawn."

"T'isio hwn?" medda llais Dad o rwla.

Roedd o tu ôl i ni yn sied fach yr ardd. Daeth i'r drws yn dal rhyw hen dân trydan yn ei law.

"Ydan ni isio hwn?" medda fo eto.

"Nachdan!" medda Mam yn reit bendant. "Tafla fo mor bell ag yr eith o!"

Wnaeth Dad ddim deud dim byd wrtha i, jyst mynd yn ôl mewn i'r sied yn syth bin. Ro'n i'n gwbod yn iawn be roedd o'n wneud. Cadw'n brysur. Dyna be dach chi'n ei alw fo. Cadw'n brysur ar ôl clywad be oedd Lisa wedi ddeud wrtho fo a Mam.

Mi steddish i efo Mam a Lisa wrth y bwrdd am funud. Doedd neb yn deud dim byd.

"Panad?" gofynnais.

"Ia plis!" medda'r ddwy yr un pryd.

"Glywish i rywun yn deud y gair panad yn fan'na?" medda Dad.

"Do!" atebais i, methu dallt sut yr oedd o 'di clywad o'r sied.

Mi wnes i ymdrech i wneud panad dda i bawb. Te yn union fel ma pawb yn ei hoffi. Tra oedd y tegell yn berwi mi wnes i redeg nerth fy nhraed – neu nerth fy nhrenyrs Air Max 1s – i'r siop gornel i nôl paced o fisgedi siocled tew. Mi wnes i dalu amdanyn nhw efo fy mhres fy hun hefyd.

Ro'n i'n chwys doman yn cyrraedd 'nôl achos ei bod hi mor boeth. Deud y gwir, doedd hi ddim yn dywydd yfad te, ond dyna be oedd pawb isio.

Es i allan efo'r te a'r bisgedi oedd 'di dechra toddi a'u rhoi nhw ar y bwrdd patio bach crwn. Roedd Dad wedi tynnu lot o betha allan o'r sied. Bocsys plastig caled a'u llond o ryw hen betha.

Mi gariodd o ddau focs draw aton ni ac ista wrth y bwrdd, a golwg hanner 'di blino a hanner 'di dychryn arno fo.

"Panad dda!" medda fo ar ôl cymryd cegiad. "Diolch i ti'r hen foi."

Mi aeth pawb yn ddistaw eto, cyn i Dad ddeud wrtha i, a finna ar fy nhrydedd fisged ...

"Paid â byta rheina i gyd! Well ni gadw rhai at nes 'mlaen heno!"

"Pam?" medda Mam. "Oes yna rywun yn dod yma 'ta?"

"Oes!" medda Dad. "Ond tydyn nhw ddim yn gwbod eto."

"Pwy?" medda Mam a Lisa efo'i gilydd.

"Lloyd a'i Dad a'i fam sy'n dod yma heno," medda Dad.

Edrychodd Mam a Lisa ar ei gilydd ond ddwedon nhw ddim byd. Mi edrychon nhw mewn i'w cwpanau te fel petaen nhw'n disgwyl cael yr holl atebion i broblemau'n teulu ni a phroblemau'r byd ynddyn nhw.

Cododd Dad ar ei draed ar ôl gorffen ei banad ac agor un o'r bocsys plastig. Edrychon ni gyd i mewn iddo fo. Fy hen deganau i oedd yn y bocs. Ceir bach a'r set Scalextric hwnnw ges i gymaint o hwyl efo fo erstalwm. *Carrera Go*!!! oedd ei enw.

"T'isio cadw rhain, ma siŵr?" medda fo wrtha i.

"Oes plis!" medda fi. "Ges i lot o hwyl efo rheina erstalwm."

Rhoddodd Dad y caead yn ôl ar y bocs ac agor y bocs arall wedyn. Roedd pawb yn sbio i weld be oedd ynddo fo. Cododd Dad y caead.

Llyncais yn galed ar ôl gweld be oedd tu mewn, ac mi wnaeth Mam ryw sŵn gwichian yn ei gwddw. Cuddio'i hwynab wnaeth Lisa.

Roedd y bocs yn llawn o hen ddolis Lisa. Dillad pinc a dymis a ratls bach chwarae.

Syllodd Dad ar gynnwys y bocs am eiliad. Meddyliodd am ddeud rhwbath ond penderfynodd beidio. Rhoddodd y caead yn ei ôl ar y bocs a chario'r ddau yn ôl i'r sied. Druan o Dad.

PING!

Dyl oedd yna

Dwi mewn trwbwl, yr hen fêt ...

Be? Efo'r gwaith Daearyddiaeth 'na?

Naci! Efo'r safle Swap&Sell ...

O! Ddudish i do?!

Mae 'na rywun 'di cwyno am Deilwen!

Be nath hi tro 'ma?

Daeth sgrinshot gan Dyl, llun o hen gôt ffwr roedd rhywun yn trio'i gwerthu am £39.54. Roedd Deilwen 'di sgwennu o dan y llun:

> Dyna bris gwirion! Pwy sy'n mynd i dalu hynna i gael cerdded rownd efo hen gamel ar ei gefn?
>
> Like   Reply

O na, Dyl!!!

Eiliad wedyn, daeth sgrinshot arall. Llun o bwll nofio plant bach, un crwn, glas i'w roi yn yr ardd. O dan y llun roedd Deilwen 'di sgwennu ...

> Pwy sy isio prynu pwll nofio ail law? Iechyd a diogelwch plis! Mae'n siŵr bod plant bach y stryd i gyd wedi pi pi yn hwnna.
>
> Like   Reply

Dyl! Ti 'di cael dy ddal, do?

Naddo! Blocio! Ma nhw 'di 'mlocio fi! Dydy Deilwen ddim yn cael mynd ar y safle Swap&Sell rŵan!

Un da oedd Dyl! Ffrind da oedd o, yn codi fy nghalon fel hyn o hyd. Ond diolch byth bod rheolwr y wefan wedi'i flocio fo! Ro'n i'n meddwl y basa fo'n mynd i fwy o drwbwl na hynna, a deud y gwir.

Gwneud te eto

Fuodd pawb yn ddistaw eto dros swpar. Yr unig sŵn oedd sŵn cyllall a fforc pawb ar y plât yn trio bwyta pasta. A chnoi. A llyncu. A stumoga yn gwneud sŵn gyrglo. Mi soniodd Dad am y boi newydd sydd efo Yncl Roy yn trio gwneud sment heb roi dŵr yn y micsar, ond doedd yna ddim llawer o hwyl ar neb i wrando ar y stori.

Lisa a fi gliriodd y llestri. Aeth Dad i folchi a dod lawr mewn trowsus glân a'i grys gora. Roedd ei wynab o'n sgleinio. Wedyn, daeth Mam lawr y grisia efo'i gwallt yn wlyb ac wedi gwisgo un o'i ffrogia gora. Roeddan nhw'n edrych fel eu bod nhw am gael noson allan, ond aros yn y tŷ roeddan nhw am ei wneud i siarad efo tad a mam Lloyd. A Lloyd.

Tad a mam Lloyd wnaeth gyrraedd gynta. Car llwyd. Honda CRV, dwi'n meddwl. Roedd yna ryw dipyn o ysgwyd llaw a ballu a chynnig panad.

Wedyn, glywish i'r Corsa du yn parcio a daeth Lloyd i'r drws. Roedd o ar agor, ond aeth Lisa ato fo a dyma'r ddau yn gafael yn ei gilydd yn dynn, dynn. Wedyn, dyma Lloyd yn cerdded i mewn a golwg euog arno fo. Fel ci 'di bod yn lladd defaid.

Mi es i i'r gegin i nôl mwy o gadeiria i bawb ista.

Roedd lle i rieni Lloyd ar y soffa, Mam ar gadair Dad a Dad ar gadair gegin. Wedyn cadair cegin bob un i Lisa a Lloyd. Roedd yna stôl fach i fi ond mi es i wneud panad, llond y tebot mawr, imi gael mynd i fy llofft a rhoi fy mhetha clustia 'mlaen a gwrando ar fiwsig yn uchel!

"Diolch!" medda rhieni Lloyd yn glên, yn wahanol iddo fo! Roeddan nhw'n ista ar flaen y soffa, yn edrych ar biga drain, braidd.

Cododd Mam a mynd i nôl y bisgedi. Roedd hi 'di rhoi nhw ar un o'r platia gora.

Do'n i heb weld Lloyd fel hyn o'r blaen. Roedd o'n ista yn fan'na yn ddistaw bach, yn edrych fel angel. Roedd o'n edrych fel hogyn bach. Doedd o ddim yn edrych fel bòs y Maffia oedd yn bygwth pobol, bygwth pobol a'u gorfodi nhw i wneud panad iddo fo!

Gobeithio bo' ti'n diodde'r diawl! Syffyr, sleazeball! medda fi yn fy meddwl.

Ar y gwely

Spotify wnes i roi ymlaen. Yn uchel uchel. Do'n i ddim isio clywad dim oedd yn mynd ymlaen i lawr grisia. Queen. Beatles. Beach Boys. Petha fel yna. Petha hen ffasiwn ond petha da. Yr unig broblem oedd bod y gair 'baby' yn cael ei ddeud yn amal yn y caneuon!

Faswn i byth wedi gallu canolbwyntio ar waith ysgol. Nac anfon neges i Dyl. Na Lowri, na neb.

Tybad be oedd yn mynd i ddigwydd?

Ro'n i yn fy myd bach fy hun. Ro'n i wrth fy modd yn cael llonydd yn gorwedd yn fan'na ar fy ngwely. Roedd yna bron i ddwy awr wedi mynd i rwla. A dyma rywun yn ysgwyd fy nhraed i ac aros imi dynnu'r petha clustia i glywad be oedd hi'n ddeud.

"Ty'd i ddeud ta-ta!" medda Mam.

"Wrth bwy?"

"Wrth Dei a Glen."

"Ga i ddeud drwy ffenast llofft?"

"Iawn!"

Stwffiais fy mhen yn barod drwy ffenast llofft a chodi llaw ar y ddau ar ôl i Mam fynd lawr grisia a cherdded allan o flaen tŷ i bwyntio fyny ata i. Roeddan nhw'n edrych yn iawn, ond yn reit ddifrifol hefyd.

"Diolch am y banad!" medda mam Lloyd.

"Croeso," medda finna.

"'Dan ni 'di byta'r bisgits i gyd, sori!" medda tad Lloyd a gwenu.

"Ma'n iawn, 'chi!" medda finna a gwenu yn ôl.

Pobol glên oeddan nhw! Pam bod Lloyd ddim 'run fath â nhw?

Lawr grisia fel siot

Ar ôl i Mam a Dad ddod 'nôl i'r tŷ a chau'r drws mi es i lawr grisia yn syth ond doedd dim golwg o neb. Wel, roedd Lisa a Lloyd yn dal i ista ar y cadeiria cegin, yn wynebu'i gilydd law yn llaw, yn edrych i fyw llygad ei gilydd. Wnaethon nhw ddim hyd yn oed sylwi 'mod i 'di taro 'mhen drwy'r drws.

Anodd credu, ond roedd Dad yn ôl yn yr ardd yn clirio'r sied! Roedd Mam yna hefyd, yn ei helpu fo ac yn deud be oedd hi isio gadw a be oedd hi isio cael gwared arno fo.

"Be ddigwyddodd?" medda fi.

"Wel," medda Mam. "Roedd Dad a fi, a rhieni Lloyd yn sôn am hyn a'r llall, yn poeni am y dyfodol, yn siarad ffwl sbîd ..."

Dechreuodd Dad siarad, "... ac yn meddwl be ar y ddaear oedd yn mynd i ddigwydd, yn meddwl sut roeddan nhw'n mynd i fanejo ..."

"A ti'n gwbod be?" medda Mam.

"Be?" medda fi.

"Doedd Lisa a Lloyd yn gwrando dim arnon ni! Roeddan nhw'n eu byd bach hapus eu hunain."

"A dyma fi a tad Lloyd," medda Dad, "yn meddwl, pwy ydan ni i ddifetha peth fel hyn?"

"A dyma fi a mam Lloyd," medda Mam, "yn meddwl, mai help ma nhw isio, a help fyddan nhw'n ei gael gynnon ni hefyd."

"Ia, help," medda Dad. "Mi fasa'r amseru 'di gallu bod yn well, ond dyna ni, fedrwn ni wneud dim am hynna rŵan."

"Mi geith Lisa fynd i ddysgu bod yn nyrs ar ôl i'r babi gyrraedd," medda Mam.

"Ac mi geith Lloyd fynd 'mlaen fel prentis efo I. J.'s Engineering. Mae o'n gwneud yn dda yn fan'na."

"A titha, BYT!" medda Mam. "Paid ti â phoeni. Ma nhw am gael lle bach iddyn nhw eu hunain, 'sdi. Mi ddudodd Lisa bo ti 'di bod yn help mawr noson o'r blaen. Diolch i ti."

Do'n i ddim yn siŵr iawn lle i sbio. Be wnes i oedd mynd yn ddistaw bach i ista ar fwrdd y patio. Iesgob! Ro'n i'n lwcus bod gen i dad a mam fel oedd gen i.

Chware teg. Roedd Lisa'n lwcus iawn hefyd. Yn lwcus iawn iawn.

Agorodd drws y patio a daeth Vans sgwaria du a gwyn Lloyd i'r golwg. Mi steddodd o efo fi.

"Ti'n iawn, BYT?" medda fo wrtha i.

"Yndw, dwi'n meddwl," medda fi, yn methu sbio i lygaid Lloyd yn iawn.

"O'n i'n clywad bo ti 'di bod yn glên ofnadwy efo Lisa noson o'r blaen," medda fo.

"Ges i dipyn o sioc ..." medda fi a gobeithio i'r nefoedd bod Lisa heb ddeud wrtho fo fy mod i 'di dechra codi pwysa a 'di meddwl mynd i ddysgu bocsio er mwyn bocsio'i drwyn o!

"Gwranda," medda Lloyd, "dwi 'di bod yn hen ddiawl efo chdi, yn do?"

"Do!" medda fi'n ddigon gonest.

"Wel," medda Lloyd, "dwi isio deud sori wrthat ti. Ffrindia ddylian ni fod, siŵr iawn."

"Ia," medda fi.

"I ddeud sori'n iawn," medda Lloyd, "fi fydd yn gwneud panad i chdi o hyn ymlaen, iawn? A tost os t'isio un! Gymi di banad rŵan?"

"Iawn!" medda fi, a ffwrdd â Lloyd i'r gegin i wneud panad i fi.

Roedd yna gnoc ar wydr drws y patio a phan wnes i droi rownd, fan'na oedd Lisa yn wên o glust i glust ac yn codi ei dau fawd i fyny arna i.

Gwenais inna yn ôl arni! Be arall allwn i 'i wneud, ynde?

Tro olaf yn y *gym*

Roedd gan Dyl a fi un tro ar ôl yn *Gym* Hercules. Roeddan ni isio mynd i gadw llygad ar Gareth Fuzz a Wyn Wierd, Adonis ac Apollo! Doedd Dyl methu credu'r peth pan wnes i ddangos y cerdyn bach melyn iddo fo.

Gawson ni draffarth mynd i mewn i'r wefan ac roedd yn rhaid i ni ddefnyddio'r cod cudd a oedd ar y cerdyn bach melyn. Ezra wnaeth ddeall y cod ond wnes i ddim deud wrtho fo cod i beth oedd o. Roedd Gareth Fuzz a Wyn Wiyrd wedi bod yn ofalus iawn.

Ond pan lwyddon ni i fynd ar wefan A&A gawson ni fwy fyth o sioc! Roedd y ddau yn gwerthu pob math o steroids anabolig, ac roedd yna luniau o bob dim yna a llwyth o tips ynglŷn â sut i'w defnyddio nhw a phryd ac i be yn union.

Roedd yna ran hefyd am sut i guddio'r ffaith bo' chi'n cymryd y steroids 'ma os ydach chi'n cael prawf wrin neu brawf gwaed.

Roedd yn rhaid i ni fynd i *Gym* Hercules ar ein beics. Roedd tad Dyl yn chwarae darts a do'n i ddim isio gofyn i Dad fynd â ni eto achos doedd o ddim yn licio'r lle o gwbl a ddim yn fodlon mynd â ni. Mi fasa fo'n mynd â ni i *gym* dre, medda fo.

Gymrodd hi chwartar awr i ni feicio i *Gym* Hercules a dyma ni'n cloi ein beics yn y lle beics tu allan. Roedd hi'n noson reit braf i fynd am dro ar y beic.

"Helô, hogia!" medda Aphrodite wrthan ni. "Eich tro ola chi heddiw, ia?"

"Ia," meddan ninna, a dyma Dyl yn deud,

"Y tro ola os na fedrwch chi gynnig rhyw *deal* bach go lew i ni, ynde!"

"Wel! Ma Hercules yn reit hoff ohonach chi'ch dau. Gawn ni weld be fedrwn ni wneud i chi," medda Aphrodite.

"Diolch!" meddan ni'n dau, yn hogia bach da!

Roeddan ni 'di newid yn barod i'n siorts a crysau-T i reidio beic. Roedd Dyl yn ei grys gwyrdd Puma a siorts ysgol a'i Nike Flyknits. Ro'n i yn fy hwdi Ellesse, siorts glas a'r adidas Spezial du a choch. Wel, doeddan nhw ddim yn dda iawn i redeg ynddyn nhw ond roeddan nhw'n iawn i reidio beic a chodi pwysa.

Roedd hi'n brysur yn *Gym* Hercules ar nos Ferchar. Canol yr wsnos. Roedd y dyn ei hun yn ei swyddfa wrth y drws i fynd i mewn, yn edrych yn rhyfadd yn gwisgo sbectol,

"Gwneud gwaith papur mae o!" medda Dyl.

"Diflas iawn, ma siŵr," medda fi.

Roedd Apollo ac Adonis yn brysur iawn yn gwneud eu rownds ac yn siarad efo'r grwpia o hogia a dynion, yn dangos iddyn nhw sut i wneud hyn a'r llall ac yn dangos eu mysls iddyn nhw. Roedd pawb yn ddifrifol iawn, rhywsut, a sŵn pwysa trwm yn disgyn i lawr yn galed ar y peiriannau, a thuchan a gweiddi a chlapio bob hyn a hyn.

A mwy o sibrwd gan Apollo ac Adonis.

Ogla chwys ac ymdrech. Ogla fel sy 'na tu mewn i'ch bag *gym* chi.

Roedd y ddau ohonyn nhw, Apollo ac Adonis, yn meddwl bod neb yn eu gwylio nhw. Roeddan nhw'n meddwl eu bod nhw'n glyfar. Ond doeddan nhw ddim digon clyfar i Dyl a fi! Ro'n i'n gallu eu gwylio nhw yn adlewyrchiad y drychau mawr oedd ar hyd y waliau. A phan roedd hi'n tywyllu, ro'n i'n gallu gweld bob dim yr oeddan nhw'n ei wneud yn y ffenestri mawr oedd yn mynd o'r to at y llawr.

Yn sydyn, roedd yna sŵn mawr wrth y drws, fel roedd yna pan gyrhaeddodd hogia dre o'r blaen, a dyma pawb yn troi rownd i weld be oedd yn digwydd.

Roedd yna ddau blisman ac un blismones yn sefyll yn y drws. Daeth y tri i mewn, a dyma'r un talaf yn gofyn i Apollo ddiffodd y miwsig a checio bod pawb arall wedi tynnu eu petha clustia ac yn gwrando arno fo.

Roedd yna un boi'n mynd ffwl pelt ar y peiriant rhwyfo, heb ddallt be oedd yn mynd ymlaen, yn tuchan fel dwn i'm be ac yn canu y gân 'Happy' dros y lle, yn meddwl fod yna neb yn ei glywad o! Mi gafodd o andros o sioc a neidio o'i groen pan deimlodd o law'r plisman ar ei ysgwydd. Mi sbonciodd i ffwrdd o'r peiriant a sefyll ar ei draed yn syth, gan sbio o'i gwmpas i weld pawb yn sbio arno fo! Ro'n i isio chwerthin ond daeth llais fel taran ...

"Noswaith dda i chi gyd!" medda'r plisman yn bwysig i gyd. "Mae arna i ofn fod yn rhaid i ni gau y lle 'ma 'chydig bach yn gynt heno. Mae'n ddrwg gen i ond fedra i ddim datgelu pam, dim ond deud bo' gynnoch chi ugain munud i hel eich petha ac i fynd am adra."

Sbiodd pawb ar ei gilydd a rhyw ddechra siarad a holi cwestiyna dan eu gwynt ...

"Ac un peth arall!" medda'r plisman tal. "Ga i ofyn i bob un wan jac ohonach chi roi eich enwa a'ch cyfeiriad i ni ar y ffordd allan, os gwelwch yn dda. Diolch i chi gyd am helpu."

Roedd y plisman tal yn glyfar. Wrth ddeud diolch wrthon ni i gyd roedd o 'di cael pawb ar ei ochr o ond dyma 'na lais bach yn dod o'r gornel bella ...

"Ga i ofyn, sarjant, be sy'n mynd ymlaen? Pam bo chi'n ..."

"Fel dwi 'di ddeud unwaith wrthach chi, fedra i ddim deud dim byd ar hyn o bryd. Ond, mae'n siŵr y dowch chi wbod yn ddigon buan. Mater difrifol. Difrifol iawn hefyd!"

Trodd yn sydyn ac i ffwrdd â fo, gan adael y plisman a'r blismones arall yn sefyll yn y drws efo clipfwrdd bob un, yn barod i gymryd enwa pawb.

Roeddan nhw wedi cael pwy roeddan nhw isio, achos pan aeth Dyl a fi a rhai o'r bobol eraill i sefyll wrth y ffenast, be welson ni oedd Hercules mewn handcyffs yn mynd i gefn fan yr heddlu. Roedd yna bedwar plisman arall efo fo tu allan, a'r sarjant tal yn cau drws cefn y fan efo clep ac yn tynnu'i gap fflat ac i mewn â fo a phawb arall i'r fan.

Mi fasa Hercules wedi gallu waldio'r plismyn i gyd a chodi'r fan reit drosodd, ond wnaeth o ddim. Mynd yn ddistaw bach wnaeth o, ond wrth i'r fan fynd am swyddfa'r heddlu, mi welon ni wyneb mawr mwstásh melyn Hercules yn y ffenast gefn yn sbio i fyny ar ffenestri'r *gym*.

Neidiodd Dyl a fi am yn ôl, ddim isio i Hercules ein gweld ni, ond roedd rhai o'r lleill yn aros yn y ffenast ac yn syllu yn ôl arno fo tan iddo fo ddiflannu rownd y gornel.

Doedd gan neb awydd cario 'mlaen i godi pwysa na dim byd ar ôl i hynna ddigwydd. Hel eu petha wnaeth pawb a rhoi eu henwa i'r plismyn wedyn mynd am adra'n reit bwdlyd.

Roedd gen i biti dros Aphrodite wrth iddi orfod troi'r peiriannau i gyd i ffwrdd a'r goleuada i gyd hefyd. Roedd hi'n amlwg 'di bod yn crio ac yn poeni'n ofnadwy am Hercules. Roedd Apollo ac Adonis yn trio helpu ac yn ei chysuro hi, gan ddeud byddai pob dim yn iawn a ballu. Ond doedd Aphrodite ddim wir yn gwrando, dim ond yn chwythu'i thrwyn a dal ei phen fel petai ganddi gur pen go iawn.

Mi es i a Dyl a'r hogia dre, y robins goch, a'r boi canu 'Happy' a phawb arall i lawr y grisia ac allan heibio'r ddau blisman oedd yn sefyll wrth y drws troi. Roedd y lle'n edrych yn oeraidd iawn efo'r gola neon glas yn deud *GYM* HERCULES wedi cael ei droi i ffwrdd.

Roeddan ni'n trio agor clo beic Dyl pan ddaeth Aphrodite ac Apollo ac Adonis allan, wedi newid o'u togas i'w dillad go iawn. Tra oedd Aphrodite yn cloi'r drysau mi ofynnodd i'r ddau arall fynd i checio bod y ffenestri i gyd 'di cau.

"Ydach chi isio dod efo ni i swyddfa'r heddlu?" medda un o'r plismyn wrth Aphrodite.

"Wel ia plis," medda hi. "Ma'n well imi ddod i weld sut mae o ..."

"Mae'r car rownd y gornel," medda'r plisman arall. "Os 'di popeth 'di gloi, mi gewch chi ddod efo ni."

"Mae'r ffenestri gyd 'di cau!" medda Adonis. "'Dan ni 'di bod reit rownd!"

"Diolch, hogia!" medda Aphrodite yn glên ofnadwy. "Mi gysyllta i efo chi pan gawn ni ailagor!"

"Cofiwch ni ato fo," medda Apollo.

"Mi wna i," medda Aphrodite. "A diolch i chi'ch dau am eich holl help heno a drwy'r amser. Dwi ddim yn gwbod be faswn i a Hercules yn 'i wneud hebddach chi!"

"Croeso!" medda'r ddau a dechra cerdded am adra.

"Iawn," medda Dyl, yn dal wrthi efo clo'r beic. "Dwi 'di gallu agor o. Mae isio WD40 i lacio fo."

"Pryd ma nhw'n dy ddisgwyl di adra, Dyl?" gofynnais.

"Wel, cyn iddi dywyllu go iawn," medda Dyl, "tua deg 'ma."

"Iawn!"

"Pam ti'n gofyn?"

"Wel," medda fi, "ma gynnon ni joban bwysig i'w wneud heno."

"Be ti'n feddwl?"

"Y ddau yna!" medda fi, wrth i ni ddechra pedlo'n slo bach, a phwyntio at Gareth Fuzz a Wyn Wiyrd oedd bron â throi rownd y gornel.

"Be am y ddau yna?" medda Dyl.

"Mae Hercules 'di cael ei arestio heno am werthu steroids. Ond dim fo sy'n gwneud," medda fi. "Y ddau glown yna sy wrthi."

"Mae'r cardia yna'n dangos hynny, yn tydy," medda Dyl.

"Ydy, ond be ydan ni isio ffendio ydy lle ma nhw'n storio'r steroids 'ma i gyd. Mi wnawn ni eu dilyn nhw! Ti'n gêm?"

"Yndw siŵr," medda Dyl.

Mi ddilynon ni'r ddau o bell tan iddyn nhw gyrraedd tŷ Wyn Wiyrd. Mi aethon nhw mewn am funud a dod allan efo siaced ledr ddu bob un a helmet bob un hefyd! Roedd o'n deud A&A ar y ddwy helmet! Roedd gan Wyn

Wiyrd foped bach newydd sbon 'di barcio o flaen ei dŷ. Un coch, yn sgleinio ar y stryd.

O ben y lôn fe wylion ni Wyn Wiyrd yn cychwyn injan y moped ac yn ei droi rownd cyn i Gareth Fuzz roi ei helmet ar ei ben ac ista tu ôl iddo fo.

BZZZZ BZZZZ BZZZZZZZZZZZZZZZZ medda'r moped, 'run fath â sychwr gwallt Lisa, a Dyl a finna yn cuddio tu ôl i'r ceir oedd 'di parcio tu allan i'r tai.

"Ty'd!" medda fi. "Fydd raid i ni bedlo fel y diawl!"

"Iawn!" medda Dyl, ac i ffwrdd â ni ffwl pelt i lawr y lôn ar ôl y moped.

Er mai moped bach oedd o a bod yna ddau foi mawr arno fo, roedd o'n dal yn mynd yn reit sydyn. Roedd yna injan arno fo, yn doedd! Mae injan yn help!

Roedd Dyl a finna efo'n penna reit lawr uwchben yr handylbars a'n traed ni'n troi'r pedals hynny allwn ni.

"Lwcus bo' ni 'di cloi'r suspension ffrynt," medda Dyl, wedi colli'i wynt ac yn sbio yn ôl arna i'n sydyn.

"Ia!" medda fi, yn trio dal fyny efo Dyl, a sŵn y moped yn dechra mynd yn bellach oddi wrthan ni rŵan.

"Ma nhw'n troi am ganol dre," medda Dyl. "Mi fydd 'na draffig yn fan'no! Gawn ni ddal fyny efo nhw!"

"Ond peidio mynd yn rhy agos!" medda fi, yn meddwl amdanon ni mewn ffilm yn dilyn dynion drwg drwy ddinas fawr.

"Ffor hyn!" medda Dyl, a sefyll ar ei bedals a throi'n sydyn i fynd drwy'r parc er mwyn torri'r gornel a mynd yn gyflymach i ganol dre. Roedd yna lwybr beic drwy'r parc ond doeddach chi ddim i fod i fynd mor gyflym ag yr oeddan ni'n mynd.

Dyna pam wnaeth 'na ryw hen ddyn efo'i gi weiddi

ar ôl i ni basio, "Slofwch lawr! Be sy matar efo chi?"

Ond doedd gynnon ni ddim amser i ddeud sori na dim byd.

Mae yna oleuada traffig yng nghanol dre a dyna lle roedd y moped tu ôl i ryw lorri sment, a thraed Wyn Wiyrd ar y llawr. Roeddan ni'n gallu'i glywad o'n refio dros y lle, i ddeud wrth y lorri am fynd yn syth pan oedd y gola'n newid ei liw. Roedd hi'n dechra tywyllu go iawn rŵan a goleuada'r stryd yn dod ymlaen fesul un.

BZZZZZ BZZZZZ BZZZZZZZZZZZZZZZZZZZZZZZ glywon ni, a ffwr â ni o'r tu ôl i'r coed yn y parc ac ar hyd y palmant ffwl pelt, a neidio ar y lôn efo dwy olwyn yn landio 'run pryd. Mi lwyddon ni i basio'r lorri sment ar yr ochr tu allan a mynd ar ôl y ddau ar y moped. Roedd gynnon ni fwy o egni rŵan ar ôl cael stopio am 'chydig yn y parc.

Dilynon ni'r moped yr holl ffordd i lawr y stryd fawr, heibio'r stesion – lwcus bod o lawr allt – ac allan o'r dre a thros y bont. Yn fan'no, mi glywon ni'r moped yn distewi tipyn ac yn tagu tipyn bach wrth droi i'r dde am y parc busnes newydd. 'Parc Menter / Enterprise Park' oedd o'n ddeud ar yr arwydd mawr crand, a bloda a choed bach newydd gael eu plannu o'i gwmpas o.

Trodd Dyl a finna i'r dde, wedyn stopio i wylio'r moped yn mynd yn ei flaen cyn troi i'r chwith. Bzzzzz Bzzzzz Bzzzzz tsh tsh tsh tsh tsh! medda'r moped, 'di dod i stop yn rhwla doeddan ni ddim yn medru'i weld.

"Mi guddiwn ni'n beics yn y coed yn fancw," medda Dyl.

"A cherdded i weld be ma nhw'n wneud," medda fi.

"Dwi 'rioed 'di bod yn fama o'r blaen chwaith," medda Dyl.

"Na finna," atebais.

Mi roeson ni'n beics yn fflat yn y gwair uchel a cherdded yn slo bach drwy'r coed am y lle roedd y moped wedi stopio. Roeddan ni tu ôl i ryw adeilada bach siâp hecsagon, ac roedd rheiny'n mynd rownd mewn hanner cylch o'r golwg i rwla.

Ond i ba adeilad oedd bois y moped wedi mynd iddo fo, tybad? Doedd dim rhaid i ni aros yn hir i weld achos daeth 'na ola ymlaen ar y trydydd adeilad o'r pen a dyma ni'n clywad lleisia'r ddau'n sgwrsio efo'i gilydd, ond doeddan ni ddim yn clywad be roeddan nhw'n ddeud chwaith.

Roeddan ni'n dau 'di mynd ar ein cwrcwd yn y gwair tal a dyma fi'n dilyn Dyl fel comando tuag at y gola. Roedd y gwair yn dechra mynd yn wlyb rŵan achos ei bod hi'n nosi a bron yn hollol dywyll.

"Ffôn i ffwr'," medda fi wrth Dyl, rhag ofn i rywun ein ffonio ni – Mam un ohonan ni'n holi lle roeddan ni!

Tynnodd Dyl ei ffôn o'i boced din a ffidlan efo fo, cyn tynnu careia ei drenyr a deud wrtha i am aros yn fan'na am funud. Mi basiodd o fi i fynd yn ôl i gyfeiriad y beic!

"Be ti'n wneud rŵan?" medda fi'n ddistaw bach wrth iddo fo basho.

"Shh," medda Dyl, "gei di weld rŵan," a rhoi ei ffôn a'i gareia i fi.

Roedd o yn ei ôl mewn chwinciad efo ffon. Ffon fasach chi'n rhoi wrth ymyl coeden pan dach chi newydd ei phlannu. Neu ffon fel fasa Yncl Roy yn ei roi i ddal tomatos yn y tŷ gwydr. Bambŵ, ia?

"I be t'isio ffon?" medda fi'n methu dallt be oedd Dyl yn ei wneud.

"Perisgop!" medda Dyl.

"Be, yr ap 'na?" medda fi. "Does 'na neb yn iwsio hwnnw rŵan, nacoes."

"Ia a naci!" medda Dyl. "Galwad fideo i dy ffôn di a perisgop hen ffasiwn!"

"Dydi dy ffôn di ddim yn mynd i farw, nachdi?" medda fo'n ddistaw.

Sbïais ar fy ffôn. "62%."

"Da 'wan, yr hen fêt," medda fo. "Gwna'n siŵr bod y fideo'n recordio. Mi ddaliwn ni'r diawlad yma!"

A dyma fi'n dallt rŵan be roedd Dyl am ei wneud. Roedd o am glymu'i ffôn ar y ffon, wedyn ei chodi hi at y ffenast uchel oedd ar yr adeilad i ni gael gweld be oedd tu mewn. Gwneud fideo!

Iesgob! Un da oedd Dyl. Yr unig broblem oedd, be 'sa'r ddau tu mewn yn ein gweld ni? Mi fasa'n nhw'n ein malu ni!

Mi orweddais i'n fan'na yn y gwair hir yn sbio ar fy ffôn ac yn trio cuddio'r gola dan fy nhop Ellesse. Mi sleifiodd Dyl yn ddistaw bach a rhoi ei gefn yn fflat yn erbyn y wal. Sleidiodd ei hun ar hyd y wal hyd nes oedd o dan y ffenast, a dyma fo'n rhoi tap i'w ffôn a chodi'r ffon i fyny'n slo bach at y ffenast a sbio arna i i weld o'n i'n gallu gweld rhwbath ...

"Uwch eto ..." medda fi efo 'mys. " Ac eto ..."

Ro'n i'n gweld ychydig o ola rŵan ...

"Uwch eto ..." medda fi efo 'mys eto ac wedyn codi fy mawd. Ro'n i'n gweld i mewn. Gweld Gareth Fuzz yn brysur brysur ar y cyfrifiadur. Chwarae Grand Theft Auto oedd o, ond hefyd yn cael negeseuon ar y sgrin. Doedd o ddim isio gadael negesuon ar ffôn symudol.

Dyna lle roedd o'n gweiddi archebion ar Wyn Wiyrd oedd yn mynd ffwl pelt rownd lle yn rhoi bocsys o bils a hylifau a phob math o betha mewn amlenni. Paratoi oeddan nhw ar gyfer postio'r holl betha roeddan nhw 'di werthu ar eu gwefan.

Daliais fy mawd i fyny am yn hir. Roedd pob dim yn y llun. Silffoedd reit at y to o boteli a thabledi a phob math o betha. Pob dim efo A&A arnyn nhw!

Roedd y fideo 'di rhedeg am dri munud rŵan. Hen ddigon, medda fi, a dyma fi'n deud efo fy llaw wrth Dyl am ddŵad o 'na ...

"Ty'd!" medda fi a rhoi bawd i fyny wedyn ac mi ddaeth Dyl fel siot. Rhedeg wnaethon ni 'nôl at y beics, ddim mynd fel comandos hyd y llawr. Tynnodd Dyl ei ffôn ffwrdd o'r ffon coeden a dyma ni'n reidio o 'na'n gynt hyd oed nag o'r blaen a chyrraedd canol dre! Yn fan'no, roedd Dyl isio gweld y fideo, siŵr iawn!

"Ha!" medda fo, wrth ddal y ffôn reit wrth ei wyneb. "Ddudish i, do! 'Dan ni 'di dal nhw!"

"Syniad da oedd y persigop!" medda fi.

Wedyn, dyma fo'n ysgwyd fy llaw i, i ddangos bod ni'n rêl bois, a chwerthin.

"Fydd raid i fi fynd am adra," medda fi. "Gawn ni sgwrs am hyn fory!"

"A finna," medda Dyl. "Fydda i mewn trwbwl rŵan! Ond fydd o werth o, gei di weld!"

Er ein bod ni bron â marw isio siarad am be roeddan ni isio'i wneud nesa, roedd yn rhaid i ni fynd am adra ffwl sbîd, yn llawn cyffro, a hitha'n dywyll erbyn hyn, bron yn un ar ddeg o'r gloch y nos.

5 mis wedyn

Mae fory'n ddiwrnod mawr. Fory mae Gareth Fuzz a Wyn Wiyrd yn cael eu dedfrydu. Mae hynny'n meddwl eu bod nhw a phawb arall am gael clywad beth ydy eu cosb nhw.

Ar ôl mynd adra yn hwyr y noson honno ar ôl dal y ddau yn y Parc Menter, aeth Dyl a fi ddim i'r ysgol tan amser cinio diwrnod wedyn. Roeddan ni 'di bod yng ngorsaf yr heddlu, a dyma ni'n gofyn am gael gweld y sarjant tal oedd 'di hel pawb allan o'r *gym* y noson cynt.

Mi wnaethon ni ddeud am be roeddan ni isio'i weld o a deud bod gynnon ni dystiolaeth, ond cyn mynd ymlaen roedd yn rhaid iddo fo ffonio Mam a mam Dyl i ddod yna hefyd, achos bo' ni ddim yn ddigon hen i wneud hyn ar ein penna ein hunain bach.

Be bynnag, datganiad ar fideo wnaeth y sarjant gymryd gynnon ni, a hefyd wnaeth o gopi o'r fideo a deud wrthan ni am beidio'i ddangos i neb, byth. Mi wnes i roi'r cerdyn bach melyn iddo fo hefyd.

Yn y diwedd, mi ddwedodd o fel hyn:

"Diolch yn fawr ichi, hogia. Heblaw amdanach chi, mae'n bosib y basa Hercules, dyn dieuog, wedi mynd i'r jêl. Cadwch hyn yn dawel am rŵan cofiwch," medda fo. "Iawn, Dylan?"

"Iawn siŵr, Sarjant," medda Dyl.

"Iawn BYT?" medda fo wrtha i.

"Iawn siŵr!" medda fi.

Roedd Mam a mam Dyl wrth eu bodda ac yn falch ofnadwy o glywad nad ni oedd mewn trwbwl efo'r heddlu, ond rhywun arall.

Y babi wedi cyrraedd

Roedd Lisa fy chwaer wedi bod yn disgwyl ers pum mis a heb ddeud wrth neb. Doedd Mam a Dad a finna methu credu'r peth. Be oedd yn dda am hynny, siŵr iawn, oedd bod y babi bach wedi cyrraedd yn reit sydyn. Wel, pedwar mis wedyn 'de!

Mi ddigwyddodd dipyn o betha yn y pedwar mis yna. Dwi 'nôl efo Lowri. Dwi'n ei hoffi hi! Mae hi'n glên, mae hi'n hoffi trenyrs, ac mae ganddi hot tyb i Dyl a fi fynd iddo fo ar ôl bod yn 'Sgidlocyr ar ddyddia Sadwrn.

Fe fues i'n helpu Dad ac Yncl Roy a Dei, tad Lloyd, i wneud y tŷ yn barod i Lisa, Lloyd a Llew bach. Mae eu henwa nhw i gyd yn dechra efo 'L' neu 'Ll'.

Fuon ni'n codi'r hen garpedi. Crafu paent. Tynnu'r hen gegin allan. Dwi a Dad ac Yncl Roy yn fwy o fêts nag erioed. Iesgob, mae'r tŷ yn neis ar ôl cael carpedi newydd, côt o baent a chegin fwy modern.

A Llew bach. Dyma be ges i'n bresant iddo fo. Bŵts bach babi! Rhai Nike Air Force 1s Baby Cot Bootie. Rhai gwyn a du a choch ydyn nhw. Mi ddwedodd Lisa mai dyna'r presant gora un oedd Llew bach wedi gael! Mi wnaeth Lisa roi llun i fi o Llew yn eu gwisgo nhw. Dwi'n edrych ar y llun rŵan. Mae o fyny ar wal llofft.

Lisa ddwedodd hefyd, ar ôl iddi roi'r bŵts bach Nike am draed Llew am y tro cynta erioed, "Llew ydy Tywysog y Trenyrs!" Wel, roeddan nhw wedi plesio. Mi o'n i'n falch achos mi wnes i weithio am ddau neu dri bore Sadwrn efo Iosef ac Ezra yn yr hen garej i allu eu fforddio nhw!

Un diwrnod, mi ddaeth Lowri efo fi i dŷ Lisa. Mae'r tŷ yn nes at dŷ Lowri nag ydy o i'n tŷ ni, deud y gwir. Pen arall y dre. Digon agos a digon pell hefyd! Roedd Lowri wedi gwirioni efo Llew ac wrth ei bodd efo'r bŵts Nike bach hefyd. Dyna pam wnaeth hi ddeud fel hyn,

"Ma Llew mor ciwt! Ma'r sgidia 'na mor ciwt! A ti'n ciwt hefyd!" medda hi wrtha i a rhoi clamp o sws i fi.

A'r gystadleuaeth Nike! Wel, mi wnes i lwyddo i orffen y cynllun a'i anfon i mewn. Ro'n i'n meddwl 'mod i 'di gwneud job dda ac roedd fy nhrenyrs yn edrych yn cŵl iawn ar y wal 3D yn Oregon. Ond yn anffodus, doeddan nhw ddim cweit digon cŵl! Mi faswn i wedi bod wrth fy modd yn mynd i Oregon i weld y lle, ond dyna fo. Dim y tro 'ma.

Rhyw foi o Korea wnaeth ennill, a merch o Ganada yn ail. Trydydd oedd y Cymro bach ond roedd o'n falch iawn ohono'i hun. Roedd Miss Celf wrth ei bodd hefyd.

A&A dan glo

Dwi a Dyl yn dal i fynd i'r *gym*. I *gym* dre, siŵr iawn. Mae o'n dod i fy nôl i yn y munud. Cafodd *Gym* Hercules ei gau am dros wythnos ond mae'r lle wedi ailagor yn enw Aphrodite rŵan. Doedd Hercules druan ddim yn cael mynd yn agos at y lle tra oedd yr heddlu yn ymchwilio.

PING Recordiad gan Dyl.

Dyl, y mochyn! Gollwng gwynt. Doedd o heb wneud hynna erstalwm. Wedyn neges ...

✨ *Dwi wrth drws ffrynt ac mae yna rywun yma efo fi!*
Drws ffrynt tŷ ni?
Ia siŵr! Lle arall, y lembo?

Es i lawr fel siot a gweld siâp dau gorff drwy wydr y drws. Dyl oedd un ond doedd gen i ddim syniad pwy oedd y lwmpyn arall, dwywaith maint Dyl.

"Su'mai!" medda fi ac wedyn cael sioc a hanner yn gweld Hercules tu allan i'n tŷ ni!

"Helô, boi!" medda fo wrtha i. "Dwi 'di bod yn gweld rhieni Dylan 'ma ond ydy dy rieni di yn y tŷ, dwad?"

"Nac'dyn, sori," medda fi, "ond dowch i mewn." Wnes i ddim cynnig panad achos do'n i ddim yn meddwl y basa Hercules yn yfed te!

Mi steddodd Hercules yng nghadair Dad. Roedd o'n llenwi'r gadair i gyd. Deud y gwir, roedd hi'n anodd gweld y gadair odano fo!

"'Di galw heibio i ddeud diolch ydw i," medda

144

Hercules. "Diolch i'r ddau ohonoch chi am sylwi fod y Gareth a'r Wyn 'na, yr hen dacla iddyn nhw, yn gwerthu steroids dan fy nhrwyn i. Mi wnaethon nhw filoedd ar filoedd o bres. Nid dim ond i'r hogia dre roeddan nhw'n gwerthu ond dros y wlad i gyd, a'r byd hefyd!"

"Bobol annwyl!" medda Dyl.

"Pobol ddrwg!" medda fi.

"Ia!" medda Hercules. "Pobol ddrwg iawn. Dach chi'n gweld y mysls 'ma sy gen i? Chwys a gwaith caled sy 'di rhoi rhein i fi. Petha naturiol. Wya a tiwna. Powdwr MASS a ballu! Wnes i 'rioed gymryd dim o'r sothach steroids yna ..."

Roedd o'n siarad o ddifri ac yn chwysu tipyn bach. Roedd diferion ar hyd ei dalcen i gyd.

"A meddyliwch ..." medda fo, "fuodd bron iawn i fi fynd i jêl am rwbath do'n i heb ei wneud!"

"'Sa hynny'n ofnadwy!" medda Dyl.

"Be bynnag," medda Hercules, "Gareth a Wyn sy'n mynd i'r jêl. Mae'r stori allan. Dwi newydd glywad rŵan eu bod nhw 'di cael chwe mis! Chwe blynadd ddyla bo' nhw 'di gael. Defnyddio fy *gym* i fel yna ... fuodd bron iddyn nhw ladd un o'r hogia, 'chi!"

"Yr un oedd 'di troi'n felyn?" gofynnais.

"Ia, hwnnw!" medda Hercules. "Roeddan nhw 'di rhoi rhyw steroids iddo ac mi wnaeth ei arennau o stopio gweithio'n iawn. Roedd o'n edrych fel rhywun o'r *Simpsons*. Druan ohono."

Mi ddwedodd Dyl ei fod o'n poeni am yr adeg y bydd Gareth Fuzz a Wyn Wiyrd yn dod allan o jêl. Chwe mis ma nhw 'di ddeud ond ma'r hogia yn 'rysgol yn tecstio ac yn deud y byddan nhw'n cael eu gadael allan yn gynt os ydyn nhw'n bihafio eu hunain.

"A pheth arall, fyddan nhw 'di bod yn codi pwysa bob dydd yn y jêl ac mi fyddan nhw'n lot mwy ac yn gryfach fyth! O hec!" medda Dyl.

Ond steddodd Hercules ar flaen cadair Dad a deud, "Gwrandwch yma chi'ch dau. Fydd gynnon nhw ddim steroids yn jêl. Mi fyddwch chi'n gry' erbyn iddyn nhw ddod allan hefyd! Mi gewch chi ddod i'n *gym* i am ddim unrhyw amser dach chi isio. A chofiwch, bydd rhaid iddyn nhw fihafio neu mi fydda nhw 'nôl yn jêl yn syth bin."

Ma'n siŵr bod Hercules yn iawn, ac eto, mi dwi'n dal i boeni am weld y ddau'n dod allan o jêl a fy ffendio fi a Dyl i lawr rhyw stryd gefn ar noson dywyll.

"Diolch eto!" medda Hercules. "A chofiwch rŵan, os daw'r ddau yna yn agos atoch chi mi gnocia'i eu penna nhw efo'i gilydd fel dau goconyt!" ac i ffwrdd â fo i lawr y lôn, ei gorff o i gyd yn symud o ochr i ochr a phobol ar y stryd yn sbio arno fo'n mynd. A finna'n falch eu bod nhw wedi'i weld o'n dod allan o'n tŷ ni.

Mi ffendiodd Dyl a fi'r stori ar y we yn syth bin. 'Dedfrydu dau am werthu cyffuriau' oedd y pennawd. Doedd y stori ddim yn deud ein henwa ni, ond yn deud bod yr heddlu yn ddiolchgar iawn i ddau fachgen ifanc lleol am eu helpu. Wedyn, roedd yn sôn am rywun o'r enw Hefin Huws oedd 'di cael bai ar gam ... Hefin! Enw go iawn Hercules! Ha!

Mae bywyd yn gallu bod yn rhyfadd. Pwy fasa'n meddwl y basa gen i a Dyl ofn Gareth Fuzz a Wyn Wiyrd? Buodd 'na adeg pan doedd gan neb yn yr ysgol eu hofn nhw. Y ddau oedd yn nôl cotia ei gilydd amser chwarae erstalwm a phawb yn gwneud hwyl am eu penna nhw!

CYFRES Y TRENYRS

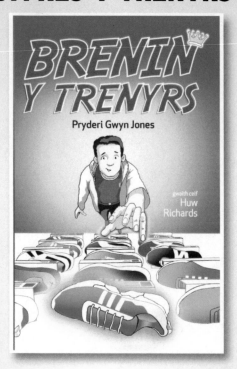

BRENIN Y TRENYRS

Pryderi Gwyn Jones

gwaith celf
Huw Richards

Adidas, Nike, Puma, Vans, Converse, Reebox ...

Dyma stori am fachgen sydd wrth ei fodd efo trenyrs! Mae o'n ysu am gael pâr o'r trenyrs adidas gorau sydd yn siop sgidiau fwyaf cŵl y dre, 'Sgidlocyr.

Coeliwch fi, nid tasg hawdd ydy cael trenyrs eich breuddwydion a hwythau'n costio ffortiwn! Beth am gael job dydd Sadwrn? Dim gobaith caneri yn dair ar ddeg oed! Beth am berswadio Dad fod y Gazelles sydd am ei draed ers dau ddeg tri mis a phedwar diwrnod yn rhy fach ac yn drewi fel toilet Yncl Roy ar fore Sul? Anodd iawn! A fydd ei ffrindiau yn gallu ei helpu i hel pres? Beth am y ferch sydd ar fin dod yn gariad iddo? Fydd ganddi hi syniadau? Cawn weld!

CYFRES Y TRENYRS

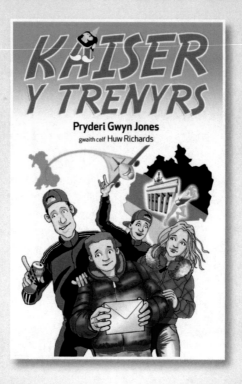

Aeth Brenin y Trenyrs yn denau iawn ar un adeg! Roedd o wedi stopio prynu bwyd yn yr ysgol ac yn cadw ei bres cinio am fisoedd i brynu'r trenyrs mwyaf cŵl yn y byd, adidas ZX100000. Roedd o wedi bod yn edrych arnyn nhw yn siop 'Sgidlocyr yn y dre ers oes pys.

Ond mae ganddo ei lygad ar wobr hyd yn oed yn fwy y tro hwn. Cyfle i fynd ar daith fythgofiadwy i bencadlys rhyngwladol cwmni adidas yn yr Almaen, a €1000 i'w wario yno!

Viel Glück Brenin y Trenyrs!

CYFRES ACADEMI'R CAMPAU

Cyfres boblogaidd am bobl ifanc
yn serennu ym myd chwaraeon

Brwydr y Bêl
£5.99

Mae Jo wedi cael ei ddewis, gyda phedwar plentyn arall, i fynychu academi chwaraeon gorau'r byd ar ynys yng nghanol y môr. Ond a yw cyfrinachau'r Academi yn ddiogel ...?

Sôn am Sgarmes
£6.50

Mae Kim wedi bod yn Academi'r Campau ers rhai misoedd, a'r criw yn mynd i gystadlu yng Nghwpan Rygbi'r Byd. Wrth i rymoedd sinistr geisio eu hatal bob cam o'r ffordd, a fydd modd iddyn nhw fod yn bencampwyr?